「この子の名前、
すずめだからチュンにしよう」
空《そら》木《き》悠《ゆう》護《ご》
チュン

居残りすずめの縁結び

あやかしたちの想い遺し、すずめの少女とお片付け

ハザマとは

幽霊と妖怪の中間にあたる存在。
人に強い想いを抱いたまま死んでしまった
動物の霊がなるのがハザマであり、
願いや未練といった想い遺しが消えると
成仏できるらしい。

チュン
「今日の空も青いのう」
空に広がる入道雲が、
三人の頭上いっぱいに
広がっていた。

空木悠護
そら き ゆう ご

星島えりな
ほしじま

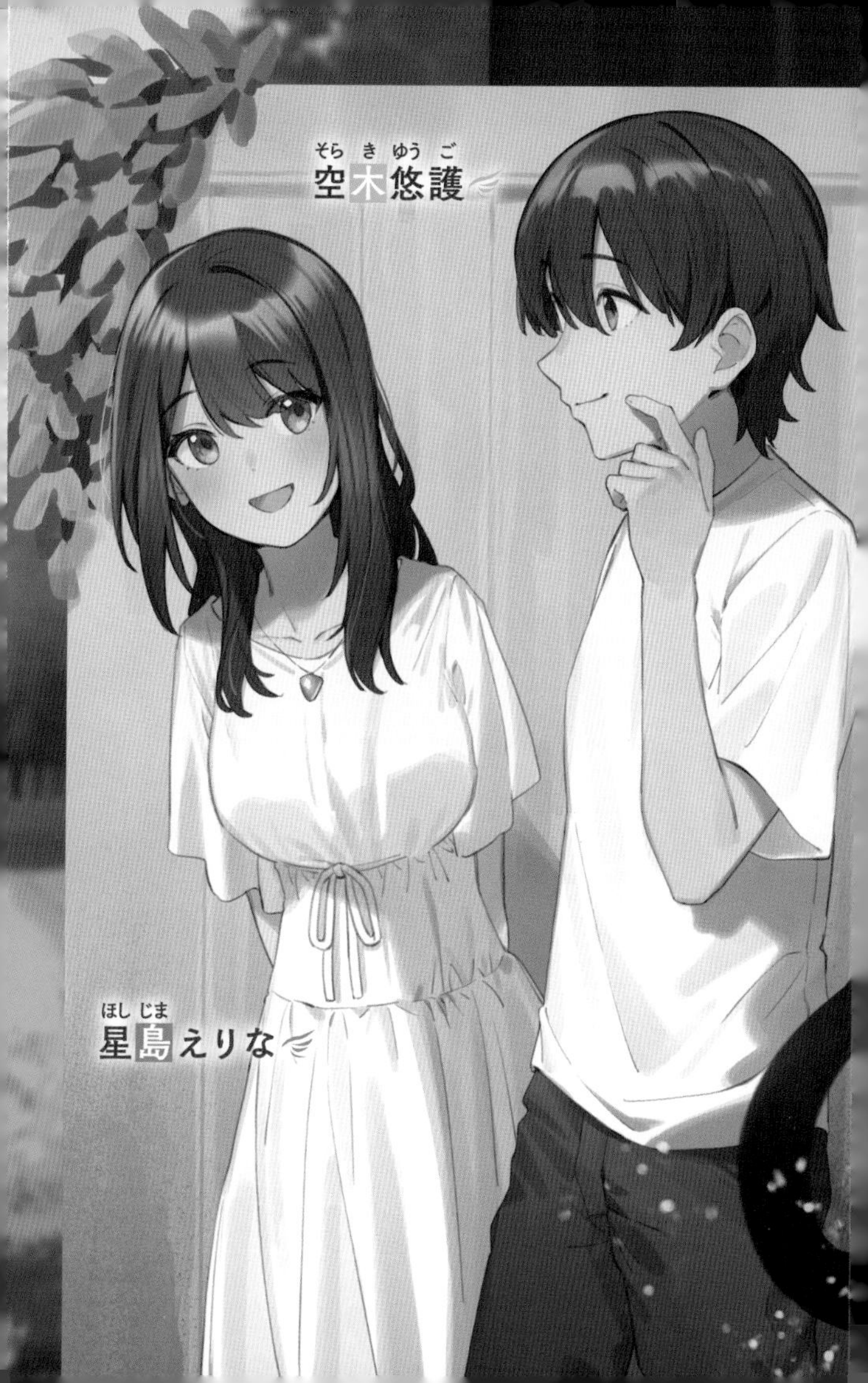

注意

居残りすずめの縁結び

あやかしたちの想い遺し、すずめの少女とお片付け

福山陽士

ファンタジア文庫

3289

口絵・本文イラスト　にゅむ

目次

プロローグ

七月のとある日。

快晴の空の下、一人の男の子が額に汗を滲《にじ》ませながら坂道を駆け上っていた。

「ワンワンワン！」

坂道の途中にある家の塀から、柴犬《しばいぬ》が男の子に向けて元気に吠《ほ》える。

「今いそいでるんだ。ごめんね！」

男の子は走りながら柴犬に言うと、また前を見据えた。

空木《そらき》悠護《ゆうご》、五歳。

友達の家に遊びに行っていたのだが、お昼ご飯の時間になったので帰宅しているところだ。

遊びに夢中になってしまい、いつもより少しだけ友達の家を出るのが遅くなってしまった。祖母がもうご飯を用意しているかもしれない。

坂道を上りきり、ようやく家の前まで来た。

息を切らしながら玄関に入ろうとした、その時。

「……ん？」

小さなピンク色の物体が、玄関脇の地面に落ちていることに気付いた。

砂地の広い庭の中で、やたらと目立つ濃いピンク色。

悠護は好奇心のまま近付いていき、ピンクの物体の前にしゃがみ込んだ。

近付いて初めてわかったが、「ぴぃ、ぴぃ」とか細い声を発している。

「なんかのいきものだ……」

目の部分は黒く、背中の一部分にだけちょろっと毛が生えているそれは、今まで悠護が見てきたどんな生き物とも合致しない。

正直に言うと少し不気味だ。

でもか細く鳴き続ける声を聞くと、放っておけない気持ちでいっぱいになる。

「おばあちゃーん！」

悠護は玄関に駆け寄ると、家の中に向けて叫ぶのだった。

悠護に呼ばれた祖母はすぐに状況を理解したらしい。

軒先に干していた手ぬぐいを取ると、そっとピンク色の生き物を包んだ。

「これは雀《すずめ》の雛《ひな》じゃなぁ」

「すずめ……」

悠護が知っている姿と随分と違う。とはいえ、祖母が言うことなので間違いはないのだろう。

「巣から落ちてしもうたんじゃな……」

「おうち、帰れないの？」

「屋根のどこかに巣を作っとるんじゃろうけど、ばあちゃんには戻すのは無理じゃなぁ。それによぉ見たら怪我《けが》もしとる」

まだ小さいのに、家に帰れなくなってしまった雀。

「かわいそう……」

「そうじゃな……。でもそれが自然の摂理でもある」

「……？」

「悠護にはまだ難しいわな」

「おばあちゃん、ぼくこの子を助けてあげたい」

悠護は真剣な目で祖母を見つめる。

「まぁ、見殺しにしろ、っていうのも酷じゃわなぁ……」

祖母は悠護に聞こえない程度に呟《つぶや》くと、ため息に似た息を吐いた。

「わかった。ただし、ちゃんと悠護も世話をするんじゃで?」

「うん!」

「それと、大人になったら自然に返してあげること。元々野鳥はペットにはできんけんな。そう法律で決まっとんじゃ」

「そうなんだ……。うん、わかった」

悠護は手ぬぐいの中でもぞもぞと動いている雀をしばし見つめた後。

「この子の名前、すずめだからチュンにしよう。チュン、ぼくが助けてあげるからぜったい元気になるんだよ」

名前を付けた子雀《こすずめ》に、悠護は優しく語りかけるのだった。

一・四枚羽のツバメ

八月の上旬、とある路線の電車内。

空木悠護は足元にリュックを置き、スマホを弄《いじ》ることもせず肩を小さくしてただ座っていた。

大きな荷物を持って一人で乗る電車は、車内が混雑していると少し居心地が悪い。

夏休み真《ま》っ只中《ただなか》の真昼間のせいか、車内には女子高生らしきグループ、買い物帰りと思われる中年夫婦など、様々な人たちがお喋《しゃべ》りに花を咲かせている。

悠護の隣には、はしゃぎながら窓の外を見ている小さな男の子とその母親が座っていた。

「…………」

そちらを見ないよう悠護は深く俯《うつむ》く。

鬱陶しく感じたわけではない。

ただ、少し胸が痛くなったのだ。

喧噪《けんそう》でざわざわとしている車内で一人取り残された気分になりながら、悠護は目的地の駅が来るのをずっと待っていた。

駅からバスに乗り換え、揺られることおよそ三十五分。

悠護は目の前に山しかないバス停に一人降り立った。

「うわぁ……」

悠護の口から思わず感嘆の声が洩《も》れる。

山の方から蟬《せみ》の大合唱の声と、空から鳶《とび》の甲高い声が聞こえてくる。

綿菓子のような雲が途切れ途切れに散らばる空は、飲料水を彷彿《ほうふつ》とさせるような澄んだ色だ。悠護が住んでいる街より、空が高く見える。

バスが行ってしまった方の道へ目を向けるが、片側一車線の道路には車が通る気配もない。

ひとまず悠護はリュックの横ポケットからスマホを取り出し、地図を開く。

(ばあちゃんの家は——こっちか)

悠護は顔を上げ、日陰のない無人の道を歩き出した。

この地を訪れるのは十二年振り。

五歳以来なので、当然道を覚えているはずもない。スマホで地図が見られるとはいえ、少々不安だ。

祖母の家に一人で行くことになったのは、共働きの両親が忙しいことと、悠護がどうしても訪れたくなったからだ。

理由は色々とあるが、将来のことを考えるうえで、高校二年生の内に一度は帰省しておきたいという思いがあった。

だから両親に頼み込み、お盆期間よりも前に一人で帰省することとなったのだ。祖母が快諾してくれたこともあり、今日から十日間の滞在となる。

かつて住んでいた場所。

都会とは違い、豊かな自然が溢《あふ》れる町。

既に酷《ひど》く薄れている幼少期の記憶だが、緑がいっぱいあったことは覚えている。

変わらぬ自然が広がっている光景に、悠護は安堵《あんど》していた。

しばらく歩くと、田んぼの中にポツンと建っているスーパーの前まで来た。

スーパーといってもチェーン店ではなく、個人が経営しているこの場所にしかない店だ。

広い駐車場は半分も埋まっていない。この店に一番活気がある時間帯は午前中なのだが、悠護がそんなことを知る由《よし》もなかった。

「うわ、懐《なつ》かしっ。確かにあった気がする、この店」

頭の隅の隅にあった記憶の断片が突如甦《よみがえ》り、思わず声に出したその時だった。

ガシャンッ。

硬い音が悠護の鼓膜を叩《たた》く。

同時に「あぁっ⁉」という若い女性の声。

聞こえたのはスーパーの駐車場の奥からだ。

反射的に視線をそちらにやると、悠護と同じ年齢ほどの少女が、倒れた自転車の前で慌てふためいていた。

自転車の前輪付近には、肉が入ったパックやレタス、お菓子などが散乱している。

駐車場には他に人がいない。今の光景を見ていたのは、どうやら悠護だけらしい。

すかさず悠護は駆け寄り、素早く落ちた物を拾い集める。

「大丈夫ですか？　怪我は？」

「うわわっ⁉　わ、私は大丈夫ですぅっ！　自転車が倒れただけなのでっ」

突然声を掛けられて驚いたのか、少女の声はひっくり返っていた。

少女は何とか自転車を立て直し、悠護に遅れて買い物バッグから落ちた物を拾い上げていく。

幸いにも破損している物はないようだ。卵など割れる物がなかったのは、他人事《ひとごと》ながら良かったと思う。

「これで全部かな」

「あっ……ありがとうございます。すみません……」

悠護《ゆうご》が拾い集めた食材を手渡すと、少女は申し訳なさそうな顔で小さくお辞儀をした。後ろで一つにまとめた髪が、さらりと肩を滑って前に垂れた。

「自転車のカゴ曲がってるよ」

「え、いや……。これは数か月前に電柱にぶつかった時のだから……」

「そうなんだ……」

こんな周囲に何もない所なのにピンポイントで電柱にぶつかるなんて、あまり運動神経が良くない子なのかもしれない——と悠護は思ったが、当然ながらそれは口には出さない。

「荷物をカゴに入れたら自転車のバランスが崩れてしもーて、そのままガシャンって。たぶん油が重かったせいだと思うんじゃけど……。えっと、とにかく本当にありがとうございました！」

可愛《かわい》らしい見た目と喋り方のギャップに、悠護は少々驚く。

随分久々に聞く方言が、悠護にはとても新鮮に聞こえた。同じ日本の中なのに、異国に来たようにさえ思えてしまう。

少女は再度ペコリと頭を下げた。

顔が仄《ほの》かに赤いのは、きっと暑さのせいだけではないだろう。

「それじゃあ」

あまり見つめていては悪い気もしたので、悠護はそれ以上言葉をかけることはせずその場から立ち去る。

その数秒後、すぐに少女の自転車が猛スピードで追い抜いて行ってしまったのだが。

「同じ方向だったのか……」

あっという間に小さくなってしまった少女の後ろ姿を追うように、悠護は祖母の家に向けて歩き続けるのだった。


緩く長く続く坂道。

石垣の上に建つ大きな家が点在する所まで来ると、悠護の心臓が無自覚に早鐘を鳴らす。

確かに見覚えがある景色だった。

この坂道を上り切った所にある、黒い瓦の家が祖母の家だ。

ここまで来るともう地図はいらない。

悠護はスマホをポケットにしまうと歩く速度を上げる。

祖母の家は、とても広い庭付きの一軒家だ。

車庫には一台の軽自動車が置いてあった。この地域は車がないと移動が不便だなと、バス停から歩いてきた悠護はしみじみと実感していた。

玄関に行くまでに、木や花や生け垣が植えられた砂地の庭を歩く必要がある。

その距離だけで、悠護が住んでいるマンションの部屋よりも長い気がした。

インターホンを鳴らすと、すぐに玄関から祖母が出てきて悠護は少し驚いた。そろそろ来るだろうと待機していたのかもしれない。

「久しぶりじゃねぇ悠護！　待っとったよ！　大きゅうなったなぁ！」

満面の笑みで歓迎され、つられて笑顔になってしまう。

久々に見た祖母の顔には記憶よりずっと皺《しわ》が刻まれていて、髪も白い面積が多くなっている。

それでも優しい目元だけは、悠護が子供の頃に見た時と何ら変わっていなかった。

「駅まで迎えに行けんで悪かったねえ。さっきまで町内会の集まりがあったもんじゃけん。迷わんかった？」

「うん。大丈夫だったよ。地図見ながら来たし」

「最近は色々と便利になっとるけんねぇ。あ、荷物は玄関に置いてまずはご先祖様たちに挨拶してくれん？　じいちゃんの仏壇には後でえーから」

家の中に祖父の仏壇があるので、子供の頃は毎日手を合わせていたのを思い出した。ただ今はお盆が近いから、祖母は先に墓に行くように言ったのだろう。

「わかった」

悠護が返事をして玄関に荷物を置くと、すぐに家の裏に連れて行かれた。

祖母の家の裏は山になっていて、その斜面にはこの辺り一帯の家の墓があるのだ。

（お墓参り、か。ずっとやってなかったもんな）

斜面に石を埋めただけの階段を上っていく。

引っ越してからビルやマンションに囲まれた中で暮らしてきたので、山の匂いや湿った土の感触が新鮮だ。蟬の鳴き声もとても近くで聞こえる。

一段一段しっかり踏みしめながら上っていくと、すぐに墓石が並んでいる場所に出た。

墓石の数が十五にも満たない、小さな墓地。

どの墓石も定期的に手入れをされているのか、砂埃《すなぼこり》をかぶっているものはなかった。

（これは……）

悠護は空木《そらき》家の墓の隣にある、小さな墓石に気付いた。

その小さな墓石も手入れをされているのか綺麗《きれい》だが、名前がないのでどこの家のものかは不明だ。

確かこれは昔もあった気がするが、そこまで明確に覚えているわけではない。

ただ、見ていると無性に寂しくなる。

とはいえ、墓石を見て楽しい気分になる人間はいないだろうけれど。

「――――！」

漂ってきた線香の匂いに悠護は我に返る。

祖母が持参していた線香に火を付け、ちょうど墓の前に置いたところだった。

「昔は悠護が『ぼくが火を付ける！』って言ってなぁ。危ないからって言うても聞かんし、なだめるのが大変じゃったなぁ」

「覚えてない……」

悠護は少し顔を赤くしながら、空木家の墓に手を合わせるのだった。

家に戻り、今度は祖父の仏壇に手を合わせる。

祖父は悠護が生まれる前に亡《な》くなってしまったらしく、一度も会ったことはない。仏壇の上に飾ってある、白黒の遺影でしか知らなかった。

「…………」

笑顔ではないので厳格そうに見える。

ずっと見つめていると怒られそうな気配さえ感じるほどだ。厳しい人だったのだろうか。

「昼ご飯は食べてきとるんよね？」

遺影を見ていた悠護に、祖母が廊下から声をかける。

「うん、途中で食べた。だから大丈夫だよ」

「そう。ばあちゃんちょっと買い物に行ってくるけん、好きに過ごしときね。部屋は二階を使いーや」

祖母はそう言うと仕度をして、早速家を出て行った。来る時に見た、あのスーパーに行くのだろう。

「さて。まずは荷物を二階の部屋に――」

移動しようと悠護が立ち上がった、その時。

視界の端に何かが映った。

思わずそちらに顔を向け――。

「えっ――――」

悠護は声を洩《も》らして固まってしまった。

心臓が爆音を鳴らす。

背中を伝う冷や汗。

驚きで声も出てこない。

なぜならば。

浴衣《ゆかた》を着た小さな女の子が、いつの間にか畳の部屋の中央に立っていたからだ。

足音はなかった。

それどころか、今までまったく気配を感じなかった。

本当に、突然現れたとしか思えなかった。

咄嗟《とっさ》に思ったのは幽霊か——？　ということ。

ただそれにしては、あまりにもハッキリくっきりと見えていて。

もしかして、祖母が預かっている近所の子供だろうか？　とも思ったが、さすがに人を預かっているのなら、ひと言くらいは説明をしてくるだろう。

悠護がそんな混乱に襲われているのを知ってか知らずか、浴衣の女の子はちょこちょこと悠護の方に走り寄ってきて——。

「ほんまに久しぶりじゃなぁ悠護！　儂《わし》ずっと、ずっと悠護のことを待っとったんじゃぞ！」

祖母と同じような方言を交え、ぴょんぴょんと飛び跳ねながら溢《こぼ》れんばかりの笑みを悠護に向けた。

「…………………………」

しばし無言のまま、浴衣の女の子を見つめる悠護。

あまりにも怪しい。

絶対に普通じゃない。

だから、こんなにフレンドリーに話しかけられると困惑するしかない。

にこにこにこ、と笑顔を崩さない女の子に向けて、ようやく悠護が放った第一声は――。

「…………誰？」

シンプル、かつ当然のものだった。

しかし女の子はそれを聞いた瞬間、心外といった様子で目を見開く。

「なっ――⁉ 儂はあれからずーーっと悠護のことを待っとったのに、それは酷すぎじゃねぇか⁉ 儂のことほんまに忘れたんか⁉」

「えっ、忘れたのかって言われても……？ 俺がここにいたのは五歳までだし。その時にまだキミ、生まれてないよね？」

悠護に指摘され、ぽかんと口を開けて固まってしまう女の子。

「そうじゃった……。前の時はこの姿じゃなかったわ……」

ぼそり、と呟《つぶや》いた直後、女の子の体から一瞬だけぶわりと煙が立ち上り。

「えっ――」

悠護《ゆうご》は思わず声を出してしまう。

浴衣の女の子の姿が綺麗さっぱり消えていた。

入れ替わるようにそこにいたのは。

「……雀《すずめ》？」

どう見ても雀だった。可愛《かわい》らしい雀だ。

「これで思い出したか？」

首を傾《かし》げながら聞いてくる雀の声は、さっきの女の子と同じもの。

悠護のことを知っている、喋《しゃべ》る雀。

にわかには到底信じられないが、ただ悠護には一つだけ思い当たる存在があった。

左の目の上に白くて丸い模様がある。この特徴は――。

「もしかしてキミ……。チュン……なのか……？」

「正解じゃ！」

悠護にチュンと呼ばれた雀は嬉《うれ》しそうに答えると、部屋の中をパタパタと一周飛んでみせた。

チュンとは、悠護がここに住んでいた幼い頃、庭に落ちていたのを拾って育てていた雀のことだ。

まだ雛《ひな》だった雀をどうしても見捨てることができず、祖母に泣きついて家で保護したのだ。

その雀の雛を、悠護は『チュン』と名付けて呼んでいた。何の捻《ひね》りもないありきたりな名前だが、当時の悠護にはそれしか考えられなかったのだ。

弱っていたチュンは保護をしてから順調に回復し、ピンク色の地肌が丸見えだった姿も、成鳥と同じような羽毛に覆われた姿にまでなった。

左の目の上の白模様が特徴的で、それがチュンの個性になっていたことはよく覚えている。

しかしチュンの成長過程を見守る中で、悠護は母親の仕事の関係で都会に引っ越すこととなってしまう。

それっきり、チュンと会うことは叶《かな》わなかったのだ。

「いや、あの……え？　仮にあのチュンだとしても、だ。何で喋ってんの⁉　やっぱ夢⁉」

「夢じゃねえわ」

チュンは悠護の肩に止まると頬をツンとつつく。

「いたっ⁉　え、マジ？　本当にチュンが喋ってる⁉　まだ生きてたの⁉　というかさっきの姿は何⁉」

「お、落ち着けぇ。順番に言うけん」

チュンは悠護から離れると、また女の子の姿になる。

目の前で起こった二回目の確かな『変身』に、悠護は目を点にするしかない。

やっぱりどう見ても人間にしか見えなかった。

でも、自分の意識はハッキリしているし確かに夢ではない。

否《いや》が応《おう》でも、目の前の存在が現実なのだと信じざるをえなかった。

「その姿になる理由は……？」

「ん～……。喋る時、こっちの姿の方がちぃと楽なんじゃ」

声帯の構造が違うからだろうか。幽霊に声帯が関係あるのかはわからないけれど。

少し含みのある言い方も気になるが、チュンはそれ以上言わなかった。

「で、話の続きじゃけど。まずはそうじゃな……。儂は悠護が引っ越してからもばあちゃんに育ててもらって、大人になったところで外の世界に返してもろうたんじゃ」

「うん。それはばあちゃんからも聞いたよ……」

引っ越した後もチュンの様子が気になって仕方がなかった悠護は、母に頼み頻繁に祖母の家に連絡をしていた。だからチュンが今言ったことも知っている。

外に放したと聞いた時は正直に言うとショックだったが、元々雀やカラスといった野生動物はペットとして飼ってはいけない決まりがあるらしく、幼いながらもその点については渋々と納得するしかなかった。気持ちは全然納得できなかったけれど。

「そしてその後、儂は雀としての生涯を全うしたんじゃ」

「ちゃんと外でも生きていけたってことだよね。良かった……」

しかしすぐに悠護は「ん？」と眉を寄せる。

「生涯を全うした……ってことは死んだってこと？　じゃあやっぱり幽霊ってことじゃん⁉」

「半分合っとるけど、半分違う感じじゃな」

「？？？」

「霊と妖怪の中間みてぇな感じじゃ。『ハザマ』っていうらしい。人に強い想《おも》いを抱いたまま死んでしまった動物霊がなるっぽいで。儂も死んでから知ったから、そこまで詳しくはねえけど」

「よ、妖怪……？」

不穏な単語が出てきたのでつい悠護は身構えてしまう。

「ハザマは妖怪と違って悪さはしねぇから安心せぇ」

「そ、そうなのか？」

「儂のこと、怖ぇか？」

ストレートに問われて、悠護は少し戸惑う。

「怖いとか怖くないとかより、不思議な感じかな……」

これまで霊とかそのような不可思議な現象と遭遇したことがなかったので、それが悠護の率直な感想だ。

ただ、チュンは危害を加えるような存在には見えない。何より、そんなことをするなんて悠護は信じたくなかった。

「まぁ儂は普通のハザマと違ってちょっと『特別』らしいんじゃけどな。人間の姿に変わることができるのも、儂が普通のハザマじゃねえかららしいし。とにかく、儂は悠護にどうしてももう一度会いたいって、ずっと思ってたんじゃ」

「あ………」

あの時の悠護は幼かったけれど、引っ越す時のことは今も覚えている。

チュンに会えなくなることが悲しくて仕方がなく、大泣きしてしまった。

いつまでもチュンの側《そば》から離れないので、父親に抱えられながら車に乗ったのだ。

「チュンも……もう一度会いたいって思ってくれていたんだ……」

じわり、と悠護の胸に熱いものが広がっていく。

言葉が通じない生き物。

だけど、当時悠護が真っすぐにチュンに向けていた感情は確かに伝わっていた。

チュンの目元がフッと緩む。

「あんな別れ方したら、な……。儂はな、ほんまは悠護ともっと一緒にいたかった。そして気付いたらここにいた。この家にいたら悠護といつか会えると信じとったから。じゃけんこの日のために、人間の言葉も練習したんよ。上手《うま》く喋れとるじゃろ？」

「うん。方言がかなり強めだけど」

「方言？　この言葉なんか変なんか？　この家のじいさんに教えてもろうたんじゃけど」

「へえ……。……えっ？」

「ほれ。そこの写真のじいさんじゃ」

チュンが指す先には、仏壇の上にある祖父の遺影。

いかにも厳格そうな表情をしているので怖い人だったのだろうと勝手に思っていたが、

まさかこの祖父が得体の知れない雀に言葉を教えていたなんて、つい先ほどまでは想像すらできなかった。

これからは、今までと同じ気持ちであの遺影を見ることはできそうにない。祖父の人物像が益々《ますます》謎になってしまった。

「もしかして今も家にいるの……？」

「いや、今はおらん。じいさんはずっと家におるわけじゃねえ。じゃけんスラスラと喋れるようになるまでは結構大変じゃった」

「そうだったんだ……。うん、人間の言葉上手だよ」

「ほんまか⁉　良かった～。まぁちゃんと悠護と喋ることができとるもんな！　でも改めて言われるとぼっけぇ嬉しいわ！」

再度ぴょんぴょんと飛び跳ねるチュン。

こうして見ていると、本当に人間の女の子だと錯覚してしまいそうだ。

けれど、ふと疑問に思う。

「俺に会ったってことは、もしかしてこれでチュンの願いは成就《じょうじゅ》したってことになる？

その……成仏《じょうぶつ》とかしないの？」

以前読んだ漫画で見たことがある。生前の願いを叶えた霊は、大体が成仏して消えてしまうものだと。

事実、何かしらの未練がなかったら死後もこの世に留まり続けている理由がないと思うので、その理屈は悠護としても理解できるところである。

朗らかな笑顔から一転、少し寂し気な表情を湛《たた》えてチュンは立ち尽くす。

儚《はかな》ささえ感じるその姿に、悠護は胸が締め付けられるような痛みに一瞬襲われた。

「……確かに動物霊がハザマになってしまった『強い想い』のきっかけが解消したら、普通の霊と同じように儂《わし》も成仏すると思う。でも儂は――儂の願いはまだ叶ってねえ。だから成仏できん」

「えっ」

「儂は死んでからずっとこの家にいた。そうじゃから人間世界のことは、この家の中のことしか知らねんよ」

チュンはそこで悠護の目を真っすぐに見据える。

「儂、悠護と一緒に外の世界を見てみたい。雀としての目線で外の世界はいっぱい見たし体験した。でもそうじゃなくて……。悠護と同じ目線で、同じ時間を過ごしてみたいとずっと思っていたんじゃ。それが、儂の……」

「チュンの願い、なんだね」

だから人間の女の子の姿になっているのか――と悠護《ゆうご》は納得した。

人と同じ目線で一緒にいたい、とあの時の雀《すずめ》が考えていたなんて、想像すらしたことがなかった。

鳥もそんなふうに考えるのか。

だけどそれを聞いた今、素直に嬉《うれ》しいと思う。

悠護は少しだけ目を伏せる。

成仏するということは、消えてしまうということ。

当たり前のことだが、正直に言うと寂しいし悲しい。

だけどチュンの願いが叶わず、この先もずっと『ハザマ』という存在として生き続けることを考えると――悠護の行動は一つしかなかった。

「わかった。それじゃあ一緒に外に行こうか！」

「……うん！」

頬を紅潮させてチュンが返事をした直後。

ピンポーン、と高い音でインターホンが鳴った。

思わず顔を見合わせる二人。

祖母はまだ帰ってきていない。悠護が代わりに出るしかないだろう。

とはいえ、インターホンのモニターはどこにあるのだろうか。なにせ十二年ぶりなので覚えていない。

仕方がないので、直接玄関に向かうことにした。

「はい」

少し緊張しながら、ゆっくりと引き戸を開ける悠護。

そこに立っていたのは見覚えのある少女だった。

「えっ⁉　さっきの⁉」

先に声を上げたのは少女の方。

見間違いではなく、確かにスーパーで助けた少女だ。

まさかこんなにもすぐに再会するとは、悠護も思っていなかった。

「さっきはどうも……」

「あ、はい。えっと、あの……。か、回覧板、です」

半ば上の空で悠護にファイルを渡す少女。

「なんじゃ、知り合いか？」

悠護の横から声をかけてきたチュンに驚き、悠護は咄嗟《とっさ》に返事をしてしまう。

「いや、知り合いっていうか――」

そこで気付く。少女がチュンの方を見向きもしていないことに。

（あれ――？）

と次の瞬間、少女は猛ダッシュで玄関から去ってしまった。

「えっ」

と驚いたのは悠護。

しかし声をかける間もなく、既に少女は家の前の下り坂を駆け降りていた。

「は、はやい……」

「で、今の女子《おなご》は誰じゃ？」

「彼女は――」

今日会ったばかりの知らない人――と答えようとして、しかしふと考える。

（回覧板を持ってきたということは、近くに住んでいるってことだよな……）

「彼女は？」

「近所の人」

たぶん――。

悠護が言葉にしなかった部分をチュンは敏感に感じ取ったのか、少し首を傾《かし》げる。

再び悠護が少女が走っていった坂道をしばし見つめていると、祖母の軽自動車が太陽の光を反射しながら坂道を上ってきたのだった。

「あの子はえりなちゃんじゃな。夏休みに入ってからは親御さんに代わって、回覧板を持ってきてくれることが多いんよ」

買い物バッグの中から食材を冷蔵庫に移しつつ、祖母はするりと答えた。

悠護は祖母に回覧板を渡す時、先ほどの少女について尋ねたのだ。

「えりなちゃん……」

「覚えとらんか？　昔よく一緒に遊んどったが。ほら、下の大きい家の子じゃ」

「あっ……！」

言われてみれば、確かに女の子と遊んでいた気がする。

ただそれを聞いても、何をしていたとか当時はどういう顔だったとか、具体的なことまで悠護はすぐに思い出せない。

五歳以前のことなので仕方がないのかもしれないが。

『ゆうごくん、こっちだよ！』

それでも確かに『一緒に遊んだ』という感覚と、どこかを走っている光景だけはこの瞬間にぼんやりと思い出した。

「悠護」

名を呼ばれハッと我に返る。

チュンが何か言いたそうな顔で悠護の服の裾をチョンと引っ張っていた。

「あ……」

そうだった。

チュンと一緒に外に行くところだったのだ。

ちなみに、祖母にはチュンのことは見えていないし声も聞こえていない。

先ほどえりながチュンを見向きもしなかったのは、やはりそういうことらしい。

チュンが『悠護に対して』強い想《おも》いを抱いていたことが関係している、と説明された。

『ばあちゃんには儂を大人まで育ててくれたっていう、でっけぇ恩はあるんじゃけどな。それと悠護に対する想いは、ちぃとばかし違うんじゃ』

理屈はよくわからないが、とにかくチュンの存在は悠護にしか認識できないということだ。

うっかり祖母の前でチュンと会話をしないようにしなければ、と悠護は心の中で誓う。

「ばあちゃん。俺ちょっとこの辺を散歩してくるよ」

「そうなん？　暑いのによお外に行く気になるなあ。まぁ気ぃつけて行っといで」

「うん。いってきます」

チュンに目配せをして、悠護は玄関に向かうのだった。

ようやく外に出た二人は、ひとまず家の前の坂道を下る。

「それで、どこに行く？」

「そうじゃなぁ……」

悠護の隣を歩くチュンは視線を上にやって——そのまま固まってしまった。

「チュン？」

呼びかけても反応がない。

悠護もチュンと同じ方向に視線をやる。

「は？」

そして同じく固まってしまった。

そこにいたのはツバメ。

ただ羽が四枚もあるうえに、羽ばたいていないのに空中で停止している。

思わず目を擦《こす》ってしまう悠護。

どう見ても普通のツバメではない。

突然変異とか、そういう域を超えている。

ツバメはチュンの近くまで下降すると、そのままピチュチュ、と鳴き始めた。

チュンは黙ってそのツバメの声を聞いている。

しばらくしてツバメの声が途切れた後、チュンはゆっくりと悠護に顔を向けた。

「このツバメ、どうやら儂と同じくハザマみてぇじゃ」

「えっ、そうなの⁉　まぁ確かに普通のツバメには見えないけど……」

「どうやら儂、ハザマの中でも結構強い気配があるらしくて……。儂が外に出た瞬間気配に気付いて、声をかけてきたんじゃと」

「はあ。つまりチュンは、ちょっと特別なハザマってこと？」

「さっきも言ったじゃろうが。何せ人間の言葉を覚えたくらいじゃけぇの」

腰に手を当ててドヤ顔になるチュン。

悠護に特別、と言われて嬉しかったらしい。ニマニマを抑えきれていない。

「それで、このツバメは何て？」

「うむ。とある人間にどうしても会いたいらしいんじゃが……儂と違ってそれほど強い力もねぇから姿を認識してもらえねぇし、声だけ届けようにも言葉が通じんから助けてほしいんじゃと」

「じゃあ、俺にこのツバメの姿が見えるのは……」

「儂《わし》の影響、じゃろうな。儂は特別じゃけぇな」

「…………」

思わぬ副作用に悠護は黙してしまう。

これまでそういう不可思議な存在とは無縁だったので、いきなり『見えるようになりました』と言われて戸惑ってしまうのも仕方がない。

(でも、恐ろしい妖怪ってわけじゃなさそうだから別にいいか……)

とはいえ、割と楽観的に捉える悠護だった。

チュンはチラチラと上目遣いで悠護を見やる。

「どうしたの?」

「いや、悠護が良かったらじゃけど……。このハザマを助けてやってもええかのう? その方が悠護と外を回れる時間が増えそうな気がするし。このまま無視して放っておくこともできるが、それは同じ鳥としてちぃと胸が痛い……」

眉を下げるチュン。同じ鳥類として思うところがあるのだろう。

それに先ほど彼女は言っていた。

強い想いを抱いたまま死んでしまった動物霊が、ハザマになってしまうと。

つまりこのツバメも、ハザマになってしまうほどの想いを抱えているということだ。

「俺は別に構わないよ。元々行く当てもなかったし。それがチュンの願いを叶《かな》えることに繋《つな》がるなら、尚《なお》さらだ」

「そっか……。ありがとうな悠護《ゆうご》」

「ただ、一つだけいいかな？」

「なんじゃ？」

「日陰に移動してもいい？　君たち幽霊に気温は関係ないのかもしれないけど、さすがに道のど真ん中でずっと立ち話するのは、暑すぎてキツイ……」

額から流れてきた汗を拭いながら、悠護は苦笑する。

「幽霊じゃなくて『ハザマ』な」

チュンは悠護の言葉を訂正してから、彼の希望通り移動するのだった。

なだらかな山の斜面に悠護は座っていた。

時おり吹き抜ける風が頭上の木々を揺らして、サワサワと涼し気な音を鳴らす。

隣ではツバメのハザマがチュンに語りかけているが、悠護には何を言っているのかさっぱりわからなかった。

チュンは「ふむ……」や「なるほどのう」と相槌《あいづち》を打っていたが、やがてそれも止まり。

「このツバメ、とある青年に巣から落ちたところを拾われたらしい」

悠護の方に向き直り、ツバメから聞いたことを伝え始める。

「え。それってチュンと同じってこと？」

「いや。その後すぐに巣に戻してもらったそうじゃ。儂らと違って、ツバメは人間の目に留まりやすいところに巣を作るからの。天敵から逃れるためみてぇじゃが」

「確かに……」

「ただ、巣に戻した後もその青年はずっと見守ってくれてたらしいで。こやつの巣立ちの時も、さらに越冬して戻ってきた時も、喜んで迎え入れてくれたそうじゃ。そんな――」

不意に言葉が途切れる。

一瞬だけ視線を落としたチュンだったが、悠護が声をかけるより早く続きを口にした。

「そんな温かい眼差《まなざ》しで見守ってくれた青年のことを……こやつは種族を超えて、好きになってしまったんじゃと……」

語尾が次第に小さくなっていくチュン。

しばしの沈黙。

山から絶えず響く蝉《せみ》の声だけがこの空間を支配する。

四枚の羽を持つツバメが何を考えているのか、その表情からはまったく窺《うかが》えない。

二人の頭上でただ静止しているばかりだ。

「その人に、どうしても会いたい――」

ツバメの願いを、悠護は思わず声に出してしまった。

まるで人間のような願いだと思う。

だからこそ、このツバメは『ハザマ』になったのかもしれないが。

会った後、どうするのだろう。

ただ間違いないのは、このツバメの想いが実ることはない、ということ。

「……それでも、儂は協力したい」

悠護の考えを読んだかのように、チュンが小さく呟《つぶや》く。

「人間と鳥じゃ。関係ないやつには滑稽にしか見えんかもしれん。けどこのツバメは……ハザマになってしまうほど、その人間のことを想っているってことじゃから……」

チュンは眉間に小さな皺《しわ》を作り、両手をキュッと握る。

もしかしたら自身と重ねている部分があるのかもしれない、と悠護はその姿を見て思った。

悠護はチュンの頭にポンと手を乗せると、口《くち》の端《はし》を上げる。

「別に俺は諦めろとか言ってないだろ？　まずはツバメが会いたいのがどんな人か、見てみようよ」

「悠護……。そうじゃな。ツバメ、案内してくれるか？」

チュンの呼びかけに応え、ツバメはくるりとその場で旋回した。


ツバメの案内で、二人は青年の家が見える場所まで移動していた。

悠護の祖母の家から徒歩で十分程度。同じ地区内だ。

木造平屋建ての立派な家で、祖母の家よりも車庫が広い。二台の乗用車が停《と》まっているが、まだ余裕で車が置けるだろう。

「ツバメが言うには、青年は今もあそこに住んでいるということじゃが……」

チュンがチラリと悠護に視線を送る。

「悠護の知り合いだったりせんか？」

「いや、全然知らない人の家……」

「ふむ。どうしたもんか。このまま家に行って呼び出してみるか」

「絶対に怪しまれるって。それにチュンやこのツバメの姿、俺以外の人には見えないんだよね？　それなのに一人で突撃して『あなたに会いたいと言っているツバメがいるんですが……』って説明するの？　俺には無理！」

「わ、わかったけぇ、でけえ声出すな」

チュンに諫《いさ》められ、悠護は軽く咳払《せきばら》いをしてから姿勢を正す。

「とにかく、俺たちはその人のこと、何も知らないわけだからさ」

「そうじゃな。まずは儂があの家に行って、姿だけでも確認してくるわ」

ふわり、とチュンが宙に浮いた。

「人の姿のまま浮かれるとビックリする……」

「ん、そうか？　まぁ気にすんな」

軽く流されてしまったが、慣れるには時間がかかりそうだ。

と、突然ツバメが激しく鳴き、チュンの真上を旋回しだした。

「どうしたの？」

「……帰ってきた、と」

再び青年の家に顔を向けると、一台の軽トラックが道の向こう側からやって来た。

軽トラックはそのまま車庫に入って停止。

ほどなくして出てきたのは、紺色の帽子をかぶり、首からタオルをぶら下げた青年だった。

年齢は二十代後半から三十代前半くらいだろうか。

半袖から覗《のぞ》く腕は、それなりに日焼けしている。

「あの人らしい」

チュンの言葉に悠護は一気に緊張してしまう。

初めて会う人に、どうやって見えもしないツバメのことを伝えたら良《い》いのだろう。

だが、ここでただ見ているだけでは何も進展しない。

悠護は意を決し、ひとまず青年の家の方へ歩き出した。

チュンとツバメも悠護の上からついてくる。

ツバメはともかく、女の子がふよふよと浮いている絵面《えづら》は気が散って仕方がない。悠護は極力そちらを見ないようにした。

ある程度近付いたところで、悠護の目にあるものが映った。

「あれは――」

視線の先は青年よりも上。

軒下に張り付いたツバメの巣だった。静かなので、今は中にツバメはいないらしい。

「うちに何か用かい？」

「おわっ!?」

いきなり青年に声をかけられて、悠護は咄嗟《とっさ》に喉の奥から声を出してしまった。

「ありゃ、驚かせちゃったみたいだな。うちをジッと見てたもんだからさ」

「あ、すみません……。ツバメの巣があるなぁって」

思わぬ形でチャンスが来たかもしれない。

青年から話しかけられたこの機を逃すまいと、悠護は次に続く言葉を必死で探す。

「その、うちの方では全然見ないから、珍しくて」

「そうなのかい？　見ない顔だし、他所《よそ》から来たのかな」

「はい。こちらには久々に帰省で訪れてまして」

「へえ。こんなんで良ければいくらでも見てくれよ。何もないところだしさ」

そう言うと青年はカラカラと笑う。

ツバメがチュンに近付き、何やらピチュピチュと鳴き始めた。

気になりつつも悠護は会話を途切れさせないよう、さらに青年に話しかける。

「その――ツバメは好きですか？」

「そうだなぁ。あまり考えたことがなかったけど、好きか嫌いかで言えば間違いなく好きだよ。毎年ここで子育てしてるの見てるからね。雛《ひな》たちが大きな口を開けて餌を待ってている様子は、そりゃ可愛《かわい》いもんさ。春になって帰ってきてくれるとさ、やっぱり嬉《うれ》しいし情も移っちゃうよね」

ふっと自然にこぼれた笑みは、とても優しいもので。

自分のことを言われたわけでもないのに、悠護は嬉しくなってしまった。

さて、ここからツバメの言葉をどう青年に伝えるか——と悠護が考えた直後。

「なんじゃと⁉」

ツバメの言葉を聞いていたチュンが突然声を張り上げたので、悠護はビクリと肩を震わせてしまった。

(一体どうしたんだ？)

横目でチラリとチュンたちの方を見る。

「いや、でも……。さすがにそれは、ちょっと……」

ツバメに対し困惑しきりのチュン。

しかし青年が目の前にいる以上、今チュンに直接話しかけるわけにはいかない。

(これ以上は厳しいか)

青年を引き留める言葉も浮かんでこない。今は無理だと悠護は判断した。

「あの、お話ありがとうございました」

軽く会釈《えしゃく》をしてから、悠護はその場を離れるのだった。

人目に付かない山の斜面まで戻ってきた一行。

「ふう」

と悠護《ゆうご》は一息ついてから、枯れ葉の上に座り込んだ。

「それで、さっきはどうしたの？」

チュンとツバメを見上げる。

ツバメの方はどういう感情かわからないが、チュンは明らかに戸惑いを隠せていなかった。

「その……。儂《わし》はてっきり、このツバメはあの青年に自分の想《おも》いを伝えたいんだとばかり思っていたのじゃが……」

「え、違うの？」

悠護もそうだと思っていた。

むしろその可能性しか思い浮かばなかったのだが。

「じゃあ、ツバメはチュンに何て伝えたの？」

「羽をあげたい……」

「……へ？」

その言葉は悠護には唐突すぎて、咄嗟に頭の中に吸収されなかった。

「自分の羽を、あの青年にあげたいんじゃと」

噛《か》んで含めるように、チュンはもう一度言った。

「羽を？　どうして……？」

「ツバメが死ぬ前――あの青年と最後に会った時に『お前は自由でいいなぁ。俺も羽があったらな……』と言われたそうじゃ。その時の言葉と、とても悲しそうな顔がずっと忘れられなくて――」

悠護は思わずツバメの方を見る。

四枚の羽を持つ不自然な姿の理由がようやくわかった。

ツバメは想いを寄せた青年が発した『願い』を、愚直なまでに叶《かな》えようとしていたのだ。

しかし――と悠護は眉を寄せる。

青年が口にしたのは、おそらく何かに縛られていることに対しての『自由』への憧れで。

だから、言葉通り本当に羽が欲しかったわけではないだろう。

人間が空を飛ぶ鳥に『自由』を重ねるのは、それが決して叶わないことだとわかっているからだが――。

そんな人間が抱いている概念を、ツバメにどう説明したものか悩む。

そもそも説明したところで、そのような感覚を理解できるのだろうか。

「……もう夕方じゃな」

チュンの言葉で顔を上げると、いつの間にか空は青よりオレンジ色の面積の方が多くなっていた。

「ツバメ。すまんが仕切り直しさせてくれんかの。少し儂らに考えさせてくれ。でも諦めたわけじゃねえから、そこんところ勘違いせんようにな」

チュンがツバメに説明すると、納得したのかツバメはいずこへかと飛び去ってしまった。

「とは言ったものの、どうしたもんかのう……」

「あのさ。本当に羽をあげることなんてできるの？」

「正直に言うとわからん。でも既に死んでしまった存在が、生きとる人間に対して見た目が変わるほどの『プレゼント』をあげて――無事に済むとは儂には思えんがの」

「言われてみれば、確かに……」

「今のところ強硬手段に出るつもりがねぇのがまだ救いじゃが……。しかしなぁ。あのツバメが納得いく方法、あるんかなぁ」

チュンの呟《つぶや》きに対する答えを、悠護は持ち合わせてはいなかった。

※　※　※

「そういえば悠護君、帰省しとるみたいね」

家族と共に夕食を食べていた星島《ほしじま》えりなは、母親の言葉でピタリと箸を止めた。

「誰なぁ？」

「ほら、空木《そらき》さんのところのお孫さん」

「えりなの友達かぁ」

すぐさま母親は祖父に教え、曽祖母が穏やかに続ける。

田舎故に地元以外の人間は目立つ。

歩いて家に向かうところを誰かが見つけ、それがあっという間に広まったのだろう。

随分前に合併して『村』から『町』に名前は変わったものの、そういう人の本質的なところは何も変わっていない。

「小さい頃えりなとよく遊んでたよねえ」

「……覚えとらん」

母親の言葉にえりなは言葉少なに答えると、アジのフライに齧《かじ》り付く。

「そう？　まぁもう十年以上経《た》っとるけんね。回覧板渡しに行った時も見てないん？」

「会っとらん」

えりなはやや語気を強め、白米を強引にかき込む。

「ごちそうさまでした」

そして何かに追い立てられるかのように、自分の部屋に戻っていった。

「あらあら。昔はあんなに悠護君のことを話してたのに」

「えりなも年頃じゃけえな」

「いや、本当に覚えてないのかもしれんぞ？　だって四歳や五歳の時ぐらいじゃなかったか？」

母親に続いて祖母と父親もそのことに触れたとは、えりなは知る由《よし》もなかった。

自分の部屋に戻ったえりなは、おもむろに棚の奥から一冊のアルバムを取り出した。

このアルバムは、主に彼女の二歳から五歳にかけての写真を収めて母親がまとめたものだ。

今よりもずっと丸い輪郭に、短い手足。

今と全然違う幼い頃の自分は、見ていると少し気恥ずかしさを感じてしまう。

アルバムを静かにめくっていたえりなは、とあるページで手を止めた。

家の前で無邪気に笑いながらピースをしている、えりなと男の子の写真。

そのページの後も二人で一緒に遊んでいる様子の写真が何枚か続く。

「何で……今頃……」

えりなは眉間に皺《しわ》を寄せて呟く。

スーパーで助けてくれた人が彼だったなんて、回覧板を届けに行くまでまったく気付かなかった。

写真の男の子の面影がなかったからだ。

同じくらいだった背丈も、随分と越されてしまっていた。

あの時ドキリとしてしまった自分のことを思い出し、えりなは「う〜〜〜」と呻《うめ》き声を上げてクッションに顔ごと突っ込む。

「格好良くなって帰ってくるなんて反則じゃろ……！　こんな変わっとるなんて……！」

クッションに顔を埋《うず》めたまま足をジタバタとさせるえりな。

悠護は俳優のようなイケメンではない。それこそ『普通』なのだが、えりなの目には都会から帰ってきた幼馴染《おさななじ》みがとても格好良く見えていた。

しばしゴロゴロとして、行き場のない感情をどうにかして発散させる。

「………」

が、その動きがピタリと止まった。

少し冷静になったところで、えりなはふと思い出したのだ。

玄関に出てきた悠護を見て驚いていた、あの時。

彼が、虚空《こくう》に向けて話しかけていたように見えたのを。

単なる見間違いかもしれない。しかしその光景は、なぜかえりなの中で引っ掛かり続けていた。

※　※　※

「悠護～。朝じゃぞ～！」

「う………」

耳元で聞こえたやたら元気の良《い》い声に、悠護はゆっくりと瞼《まぶた》を開く。

昨日と同じく、愛らしい女の子の顔が間近にあった。

「やっぱり夢じゃないんだ……」

「ん、寝ぼけとんか？　とにかくはよ起きぃや。ばあちゃんはもうとっくに起きとんで」

「年寄りと雀《すずめ》の朝は早いなぁ……」

「もしかしてまだ眠いんか？」

「いや、大丈夫。起きるよ」

悠護はもそもそと布団《ふとん》から這《は》い出《で》ると座ったまま伸びをした。

家ではずっとベッドで寝ていたので、畳の上に布団を敷いて寝たのは子供の時以来だ。ベッドより視点が低いので新鮮に感じる。

「……あのさ、今さら俺気付いたんだけど」

「ん、何じゃ？」

「女の子の姿になってるってことは、チュンって雌だったんだね」

「本っっっ当に今さらじゃな⁉　普通そういうの、会った直後に思わんか⁉」

「いやあ。あの時はもう頭がパンクしそうだったからさ。今改めて気付いたというか……。一緒に暮らしてる時は性別なんて気にしてなかったし」

「うぐぅ……。悠護って昔から、ちぃと鈍いところあるよな……」

「え、そう？」

「そうじゃ。とにかくはよ身支度をせい。悠護の服、儂が鞄《かばん》から出してきたで。ほれ、両手を上げてバンザイじゃ」

「いや、自分で着替えるから⁉」

「ふむ？　でもお母さんに朝はこうやってもらっとったじゃろ」

「それは昔の話！　さすがにもう自分でできるから！」

「そうなんか。あ、着替え終わったら顔を洗いに――」

「わかった。わかったってば！」

まるで母親のように世話を焼こうとしてくるチュンに、悠護《ゆうご》は思わず苦笑してしまうのだった。

朝食を食べ終えてしばらく休憩した後、悠護は祖母に「散歩してくる」と告げて再びチュンと一緒に外に出た。

間もなく、昨日のツバメのハザマがどこからともなくやって来る。

「待ってたのか……」

「ツバメにしてみれば、自分の願いを叶えられる機会がようやく訪れたわけじゃしな。まあとり憑《つ》かれたようなもんじゃな」

「ええええっ⁉」

「そこまで驚くほどでもねぇじゃろ。儂《わし》も悠護にとり憑いとるようなもんじゃけど？」

「そう、なのか……？」

他の人間には見えないハザマが見えてしまっているので、確かにそう言われて納得はいくけれど。

『とり憑かれている』という言葉がインパクトがあるだけに、悠護は少し動揺してしまう。

「まぁ多くの妖怪と違って、ハザマは人に危害を加える存在じゃねぇし怖がるこたぁねぇ。すげぇざっくりとした感覚じゃけど、人に何かちょっかいを出そうとするのが妖怪、人に対して強い想《おも》いを持っているけど手が出せんのがハザマ、ってところじゃな」

「何となく違いは理解したけど……。でもそれって、ツバメがあの人に羽をあげちゃったら、妖怪になっちゃうってことでは？」

「確証はねぇけど、その可能性は高ぇかもしれんのう……。それを踏まえてこれからどうするかじゃが……」

やはりツバメの願いをそのまま叶《かな》えることはできないな、というのが二人の考えだ。かといって「諦めろ」とストレートに伝えても、おそらくツバメの意思を変えることは不可能だろう。

このような変異な存在になってしまうほど、ツバメの青年に対する想いは強いのだから。

「もう一度あの人と話をしてみようか。そうすることで何か変わるかもしれないし。まぁ何も変わらない可能性もあるけど……。でも一つだけハッキリとわかっているのは、このまま静観しているだけでは何も進展しないってことだ」

「そうじゃな。行ってみよう」

「昨日ちょっと会っただけの人に話をしに行くのって、俺にとってはかなり心理的ハードルが高いんだけどね……」

「そこはまぁ、頑張ってくれとしか言えんな……。でも儂も後ろから応援するけぇ！　フレーフレー悠護！　頑張れ頑張れ悠護！」

「どこで覚えたのそれ⁉」

「ばあちゃんが見とったテレビ」

「そう……」

ハザマもテレビを見るんだな……というのは口に出さずにおいた。

「────？」

不意に立ち止まり振り返る悠護。

「どうしたんじゃ？」

「いや。何か視線を感じたような気がして。もしかして、他にもハザマに目を付けられたりしてる？」

「いや？　儂は特に何も感じんが」

「そうなのか……」

この辺りの人からすると悠護は余所者《よそもの》だろうから、周辺の民家の人に見られていたのかもしれない。

悠護はそれ以上考えることはやめて、再び前を向いた。

青年の家の前まで来ると、一行は石垣からそっと顔を出して覗《のぞ》く。

昨日二台あった乗用車は出払っていて、軽トラもない。

「あれ。留守なのかな？」

「車が一台もないのう。どこかに出かけとるんかもな」

「仕方がない。出直そうか」

悠護が家に背を向けた瞬間、ツバメが旋回しながらピチュピチュと鳴き始めた。

「ん？　チュン、何て言ってるの？」

「どうやらもうすぐ帰ってくる時間らしい」

「え――」

そのタイミングで、道の遠くからこちらに向かって走ってくる軽トラが見えた。

悠護とチュンは思わず顔を見合わせる。

「あの軽トラは——」

「それっぽいのう」

小さく見えていた軽トラの姿はあっという間に大きくなり、佇《たたず》む悠護の前まで来ると速度を落として止まった。

運転していたのはやはりあの青年だった。昨日と同じく帽子をかぶり、首にタオルをかけている。

「昨日の子じゃん。もしかして今日も見に来たの？」

「あ、はい……」

「ふーん。よっぽど珍しいものなのか……？　まあいいや。とにかくおいで」

「はい！　ありがとうございます！」

軽トラはそのまま車庫に向かう。

「儂らも行こう」

悠護に続き、チュンとツバメもその後を追いかけた。

広い家の敷地《しきち》内に入ると、悠護は早速ツバメの巣の下に行く。

本当に見たいわけでもないのだが、青年と話す口実を作るにはやはりこれを利用するしかない。

　悠護は横目でチラリとツバメを見る。

　昨日よりも、心なしかそわそわしているように見えた。

「大丈夫だとは思うが、ツバメが変なことをしないよう儂がちゃんと見張っとくけぇ」

　小声でチュンが話しかけてきたので、無言で頷《うなず》く。

「もうちょっと早い時期だったら、巣の中で揃《そろ》って口を開けてるツバメの雛《ひな》たちを見れたんだけどなぁ。もう皆巣立ちしてしまったよ」

　軽トラから降りてきた青年は悠護の隣に並び、同じく巣を見上げる。

「見てみたかったです」

「春にまたおいで、としか言えないな。そういえば君の名前、まだ聞いてなかったよね」

「あ、すみませんずっと名乗らずに。空木《そらき》悠護っていいます」

「空木――って確か、四班の中にそういう苗字《みょうじ》の人がいたなぁ。そこのお孫さん?」

「たぶん……」

　班のことを言われても悠護にはわからないので、そう答えるしかない。

　そして悠護もまた、この青年の名前を知らないことに気付いた。

　車庫から玄関まで距離があるので、ここからだと表札が見えないのだ。

「あの、あなたは？」

「山本《やまもと》だよ。山の中に住んでるし、そのまんまだな」

朗らかに笑う山本に悠護もつられて口《くち》の端《はし》が上がってしまう。

初対面の時から柔和な雰囲気が滲《にじ》み出ていたし、ツバメが心を惹《ひ》かれた理由が悠護にも少しわかる気がした。

「空木君はツバメが好きなのかい？」

「ツバメだけじゃなくて動物全般好きです。将来は獣医になりたいと思ってて」

「へえ⁉ そいつは大したもんだ！　この辺には大学なんてないから、俺からするとまったく別世界の話だわ。頑張ってな！」

「はい、ありがとうございます。それで……山本さん」

「ん、どうした？」

「あの、鳥は自由でいいなと思ったことありますか？」

「ドストレートに聞くのう……」

横からチュンにツッコまれるが、彼女が見えていない山本の前でそれに反応するわけにはいかない。

悠護としてはツバメが『羽をあげよう』と決心した彼の言葉の真意を、まずは知らなければならないと思ったのだ。

ただ、チュンの言うことはもっともだ。

悠護は心の中で「どう聞けばいいのかわからなかったんだよ……」と返すしかない。

「……もしかして、進路で悩んでたりする？」

「まぁ、そんなところです……」

別方向に事情を察したらしい山本の問いに、今は乗っていくのが得策だろう。

それに、進路のことで悩んでいるのは嘘《うそ》というわけでもない。

「鳥は自由でいいな、か……。確かに昔はそんなふうに思っていたけど、今はそうでもないかな」

山本は小さな笑みを作ると、軽トラに視線をやった。

「俺の家、曽祖父の代からブドウ農家でさ。さっきも出荷作業やら色々とやってたんだけど――。家業として継ぐのが、嫌で仕方がなかった時期があるんだ。その時が一番ツバメの巣を見上げてたな。逃げたい一心だったから、自由に空を飛べるツバメが本当に羨ましかった」

そこで山本は軽トラに大量に積んである、中身が空《から》の水色のコンテナに軽く触れた。

「でも高校を卒業して逃げようがなくなって――。そしていざやってみるとさ、案外そこまで苦痛じゃなかったんだ。むしろ収穫したブドウを見て、愛《いと》おしさを感じたくらいでさ」

そこで山本は満面の笑みになる。

今目の前にブドウがないのに、本当に愛おしさを感じる笑顔だった。

「自分で勝手に壁を作っていただけで、本当は元々、向いていたのかもしれないな」

ツバメの巣を再び見上げる山本。

その顔にはほんの少しだけ、寂寥《せきりょう》感が漂っていた。

「人間って鳥のように羽があると自由になれる気がするけど、たぶんそれは違うんだろうね。だって鳥もいつ命を落とすかわからない中、全力で生きているだけなんだから」

「…………」

その視点で考えたことがなかった悠護《ゆうご》には、山本の言葉は驚きと納得感の両方をもたらした。

自由になりたいという意味で『鳥になりたい』と人間が安易に考えるのは、当の鳥にとっては失礼なのかもしれない。

ツバメとチュンが目の前にいるからこそ、特にそう思う。

「あっ」

チュンの声で思わず振り返ると、ツバメがその場から飛び立ったところだった。

「儂《わし》が追いかける！　悠護も後からけぇ！」

慌ててツバメの後を追うチュン。

悠護はどうしようかとオロオロするが、それは一瞬だった。

「山本さん、ありがとうございます。今ので俺、少し胸のつかえが下りた気がします」

「ん、そうかい？　こんな自分の過去話でも役に立ったなら何よりだよ。それじゃあ俺、この後も作業があるから一旦離れるけど――」

「あ、お邪魔してすみませんでした。俺も帰ります」

「そうかい。頑張れよ、未来の獣医さん」

「はい。ありがとうございました！」

悠護は一礼をしてから、チュンたちが飛び去った方向に走り出す。

この短時間で随分先まで行ってしまっており、チュンの背中がかろうじて見える程度だ。

「未来の獣医……か。本当にそうなれたら良《い》いけど」

チュンを追いかける悠護の顔は、苦虫を噛《か》み潰したようなものになっていた。

※　※　※

その日も、ツバメは兄弟たちと一緒に両親が運んできてくれる餌を待っていた。

狭い巣の中、体をモソモソと動かしている兄弟がいる。

フンをするためだろう。

慌てているのか、いつもより動きが激しい。

少しずつ、少しずつツバメの体は押されていって——。

突然視界が反転し、いきなり襲う浮遊感。

本能で産毛《うぶげ》が生えた程度の羽を必死で動かしていたが、その努力も虚《むな》しく全身に強い衝撃が走った。

自分がどうなったのか一瞬わからなくなる。

少し経《た》った後視界に飛び込んできた景色は、それまでと一変していた。

隣にいたはずの兄弟たちの姿はなく、広くて硬い床の上にツバメは転がっていた。

少しずつ全身に広がった痛みは引いていくけれど、足には強い痛みが残ったままだ。

ピンクの地肌を風が撫《な》でていくと、途端に寒さが襲う。

ついさっきまで兄弟の体温を感じていたので、その落差に混乱しそうだった。

――こわい。

本能が呼び起こす恐怖心。

これから何を、どうすればいいのか。全然わからない。

じゃりっ、という大きな音が近くで鳴り、ツバメの恐怖心はさらに肥大する。

――こわい。こわい。こわいよ。

『ありゃ……落ちてしもうたんか。元気な兄弟に弾《はじ》き出《だ》されたか？　ちょっと待ってろ』

上の方から人間の声がした。

さっきの音は人間が近付いた音だったらしい。

自分より何百倍も大きな存在に、ツバメはさらに体を震わせる。

しかし人間はその場から離れていった。

――たすかった。

そう思ったのも束《つか》の間《ま》、またあの人間が戻ってきた。

『自然界のことに手を出すのはいけないってわかってんだけどね。このまま死ぬのがわかってるのを見過ごすのは、やっぱツライんだわ……』

人間は何かをぶつぶつ言いながら、ツバメの側《そば》にしゃがみ込む。

『人の匂いが付くと、せっかく巣に戻しても親が警戒して子育て放棄するっていうからなぁ。かといってうちで世話するのは無理だし。ビニール手袋なら気休め程度にはなるか？』


次の瞬間、ツバメは人間の手の中にいた。

それまでの硬くて冷たい地面とは違い、動くとガサガサと音が鳴る。

そして温かい感触。

巣の中の兄弟たちの体温とは、また違った温《ぬく》もりだ。

それでもツバメは怖かった。

むしろ恐怖はより強くなり、心臓の鼓動《こどう》はさらに上がっていく。

――人間。

――得体の知れない大きな存在。

――殺される。

しかし、ツバメが恐れている事態は一向に訪れない。

それどころか、見える景色が少しずつ上昇していく。

『うおぉ。片手で梯子《はしご》登るの結構怖ぇ……。でも今は家に誰もいないから、俺がやるしかないもんな』

ゆっくり、ゆっくりと上がっていく景色。

それと共に、兄弟たちの声が聞こえてくる。

大きな人間が近付いてきて、恐怖している声が。

『そんなに警戒しなくても何もしないからさぁ。ほれ、お前も家に帰れ。もう落とされんなよ』

そしてぽてっとツバメが落ちたのは、馴染《なじ》みのある巣の中だった。

まだツバメの心臓は爆音を鳴らしている。

それでも兄弟たちの所へ戻ってこれたことに、心から安堵《あんど》したのだった。

落ちたのは両親が餌を探している間の出来事だったためか、ツバメはその後もちゃんと餌を貰《もら》うことができ、兄弟たちと同じようにどんどん大きくなっていった。

あの日ツバメを巣に戻してくれた人間は毎日見かけるが、あれから巣に近付いてくる様子はない。

ツバメは大きくなるにつれ、少しずつわかってきた。

人間はとても大きいが、ツバメを狙って食べようとしたり、攻撃してくるわけではない。

むしろ他の動物が人間を警戒しているので、人間の近くにいると天敵に襲われにくい。

ツバメと同じく雄と雌の個体がある。体格から見て、あの人間は雄だろう。

そして、人間は顔に気持ちがとても表れる。

優しい声と優しい顔。

元気がない時の顔。

『お。今日も元気に鳴いてるね』

あの人間は毎朝同じ格好をしてどこかへ出かける前に、必ずこちらを確認していた。

楽しそうな笑顔ばかり。

ツバメはどういうわけか、いつからかその人間の顔を見るのが楽しみになっていた。

巣立ちをして空を飛ぶ練習をしていた時も、上手《うま》く飛べるようになった時も、あの人間は笑顔でツバメを見守っていた。

越冬をする前、電線の上で家から出てきたあの人間に鳴いて挨拶をしてみた。

やっぱりいつも通り、笑顔でツバメを見てくれた。

春になってツバメが帰ってきた時も、あの人間は変わらず笑顔で応えてくれる。

繁殖《はんしょく》シーズンになり、別のツバメから求愛行動をされた。

本音を言うなら、あの人間に求愛をして欲しかった。

けれど、そこは本能的な部分で無理だともわかっていた。

子育てのためにツバメが以前自分が育った巣を利用すると、『また今年も来たなあ』と顔を綻ばせてくれた。

いつもと違ったのは、二度目の越冬をする前だった。

車庫の上に止まっているツバメを見て、いつものように笑ってくれる――はずだった。

だけど、その日はツバメが見たことがないほど、悲しい顔を向けてきたのだ。

『お前は自由でいいなぁ。俺も羽があったらな……』

ツバメは正直なところ混乱した。

――よくわからない。

――わからないけれど、あの人間は羽が欲しいらしい。

――そうだ。人間にはツバメのような羽がない。

――だからあんなに悲しくて苦しいのか。

――だったら、羽があったらあの人間の悩みは解決するのではないだろうか。

――でも、どうしたら人間に羽をあげることができるのだろう。

——わからない。

ツバメはその場から飛び立ち、庇《ひさし》の上に止まってしばし考える。

その直後。

背後から音もなく飛び掛かってきた蛇に襲われ、ツバメはあっという間に丸呑《まるの》みにされてしまったのだった。

※　※　※

悠護《ゆうご》が追い付いたのは、木が鬱蒼《うっそう》と茂る人目に付かない山道。

コンクリート製の道がプツリと途切れ、土の上に枯れ葉が積もるその先にツバメとチュンはいた。

「チュン……」

どういう状況なのか、という問いを含めた呼びかけに、彼女は静かに振り返る。

「やっぱり直接本人が言った言葉は強力みてぇじゃの。ツバメはあの人が本当に羽が欲しかったわけじゃねぇと、理解したみてぇじゃ」

「そうか……」

四枚羽のツバメは羽ばたきもせずに宙に浮いている。

その姿から感情を読み取ることはできない。

「自分がやろうとしていたことが山本さんの望んでいるものとは違ったから、ショックを受けているのかな……」

「わからん。あれから儂《わし》に何も伝えてこんから……。ただ、考える時間はツバメも欲しいと思う……」

「せめて、さ。山本さんにこのツバメの想《おも》いを伝えることはできないかな。やっぱりこのままじゃ——」

「チュピピ！」

悠護の言葉を遮ったその声は、今までで一番大きなものだった。

「え？」

しばらくの間、ツバメは何かを語るように鳴き続けていた。

二人はそれをずっと聞き続ける。

やがて途切れるツバメの声。

しばし悠護たちの間を沈黙が支配し、周囲の蟬《せみ》の声だけがやけに大きく響いていた。

「……ツバメは」

静かにチュンが口を開く。

ツバメの言葉を翻訳して、悠護に伝えるために。

「あの青年が、羽がないから今でもずっと苦しんでいるものだと思っていた。羽を与えたら、その苦しみから解放されると思っていた」

でも、それは違った。

「そしてツバメが本当に望んでいたのは――。あの青年の、『心からの笑顔を見ること』」

「…………」

ツバメがハザマになったのは、山本と最後に会った時に『とても悲しそうな顔であの言葉を言った』から。

「それじゃあ……」

チュンはゆっくりと頷《うなず》く。

「ああ。その望みは叶《かな》えられた。だからもう、満足じゃと――」

その瞬間。

ツバメの体が淡く発光をしだした。

光を放ったまま、ツバメは二人の頭上を旋回して――。

キンッ。

甲高い音を立て、閃光《せんこう》のように弾《はじ》けて散る。

後に残されたのは、呆然《ぼうぜん》と虚空《こくう》を見上げる悠護とチュンだけだった。

「消えた……？」

「ああ。未練がなくなったから、成仏《じょうぶつ》したんじゃ」

「そう、なんだ……」

こんなにも呆気《あっけ》なく消えてしまうものだなんて、悠護は思っていなかった。

せめてもう少し、何か言葉をかけてあげたかった。

「そう悲しそうな顔をすんな。成仏するということは、ハザマにとっては救いになるんじゃけん」

「救い……」

裏を返せば、チュンは今も救われていないということになる。

悠護の胸のあたりがチクリと痛んだ。

「……チュンも消える？」

悠護と同じ目線で、同じ時間を過ごしてみたい。

それがチュンの願いだったはずだ。

これまでの行動で、既にその目的は達成してるかのように思えるが――。

「その時が来たら、な。でも今すぐには消えんで。儂が悠護に抱いてきた想いは、まだまだこんなもんじゃ足りんけぇの」

チュンは悠護の胸をこつんと小突いて笑ってみせるが、悠護は彼女の微笑《ほほえ》みに何も返すことができなかったのだった。

二、彷徨《さまよ》うタヌキ

次の日の朝も、悠護はチュンに起こされた。

またしても服を脱がせようとしてきたので、悠護は眠気を強引に吹き飛ばし慌てて自分で着替える羽目になってしまった。

チュンの中で、悠護は五歳の男の子のままなのかもしれない。

祖母の作った朝食を食べ終えた悠護は、部屋に戻り勉強をしていた。

今回の帰省は、単に遊びに来たわけではない。

高二の夏休みから手を抜かずに勉強をしておかないと、後から後悔しても遅いだろう。

「まだ、俺の希望する大学に行けるかわからないけど……」

昨日の山本とのやり取りを思い出し、思わずため息を吐《つ》いていた。

自分の心はとっくに決まっている。

でも悠護の進路について母親が頑《かたく》なに反対している、という現状があった。

今でもハッキリと思い出す。

中学生の頃、三者面談で「獣医を目指している」と自分の口で言って帰宅した直後のこと。

『……獣医なんて目指すのはやめなさい』

恐ろしいほど冷たい声で、母親にそう言われたのだ。

昔から母親は自然や動物が苦手ということは知っていたが、まさか自分の進路についてまで反対されるとは悠護も思っていなかったので激しく動揺した。

『どうして？』

『どうしても、です。動物を救うだなんて……くだらない』

吐き捨てるように言われた言葉は、その瞬間から痛みを伴って心に深く刻み込まれてしまった。

以降、悠護は母親の前で進路の話をすることを避けてきた。

事あるごとに「自然に囲まれた田舎は嫌い」と言っていた母親は、牽制《けんせい》しているつもりだったのだろう。

それでも諦めきれず心に秘めたまま勉強だけは手を抜かずにやってきたが、やはり母親は悠護の考えていることはお見通しだったらしい。

夏休みに入る前、夕食時にポツリと「改めて言うけど、獣医はやめなさい」と釘《くぎ》を刺すように言われてしまったのだ。

だからこそ、悠護は一度一人でここに来る決意をした。

自分が自然や動物を好きになったのは、ここで過ごした幼少期の体験があったからだ。

チュンに手を差し伸べたけれど、最後まで世話をしてやれなかった後悔が心の隅に消えない染《し》みとなって残り続けていた。

だから次こそは——と。

よくよく考えると、いくら自然嫌いとはいえ引っ越してから一度も帰省していないのはさすがにおかしい。

祖母と何か確執があるのかもしれないとぼんやりと思っていたのだが、二人とも連絡は普通に取り合っている仲だし、電話越しに言い争っているところも見たことがなかった。

帰省して祖母と直接話してみても、母親に対するマイナスの感情は今のところまったく感じられないし、動物嫌いに繋《つな》がるような痕跡も見つからない。

となると母親の自然嫌いの原因は、まったく他にあるのかもしれない。

でも、今まで一度も帰省していないことが無関係だとも思えなくて——。

「悠護。何しとんじゃ？」

勉強の手が止まり、うわの空になっていた悠護を現実に引き戻したのはチュンの声だった。

「ああ、勉強だよ」

「ふむ。いきなりで悪いが、悠護《ゆうご》に紹介したいやつがおっての」

「紹介したいやつ？」

直後、チュンの背後からひょこりと顔を覗《のぞ》かせる毛むくじゃらの物体。

「タヌキ……？」

「ああ。こやつも儂の強い気配に気付いてやって来たようじゃ」

「つまり、このタヌキもハザマってこと？」

悠護には普通に見えているので、生きているタヌキと区別がつかない。

ツバメは四枚羽だったので明らかに異常だとわかったが、このタヌキは別段おかしい見た目ではないので、尚《なお》さらだ。

「そうじゃ。このタヌキ、ツバメと比べて説明が覚束《おぼつか》なくてのう……。しきりに山へ行きたがっとるんじゃが、理由がハッキリとわからんのじゃ」

「ハザマって、人に対して強い想いを持った動物霊がなるんだっけ？　つまり山の中に会いたい人がいるってこと？」

「おそらくはそうなんじゃが……。ハザマになったとはいえ、元は動物じゃけんなぁ。強い願いを持っていることも相まって、他人に『説明』をするのが苦手なんじゃろうな」

それを思うと、悠護の祖父から直接言葉を教えてもらったチュンは本当に特別なのだということがわかる。

「山の中に住んでいる人なのかな？　それとも山菜採りをしている人と会ったとか？」

「それさえもわからんのじゃ。木を切っとる人の可能性もあるのう」

チュンはタヌキを見るが、当のタヌキは山がある方へつぶらな瞳を向けるばかり。二人の疑問に答える気配はない。

「うーん……。とりあえず、タヌキが行きたがっている山に行ってみようか？」

「勉強はええんか？　儂《わし》にはようわからんが、人間にとっては大事なことなんじゃろ？」

「ちょうど息抜きしたかったところだし、大丈夫だよ」

それに、悠護と共に行動をすることでチュンの『願い』は叶うらしいのだから。

悠護は畳からゆっくりと立ち上がると、気持ちを入れ替えるかのように大きく伸びをした。

外出することを祖母に伝えると、今日は水筒を持たせてくれた。

今日も良い天気みたいなので、純粋にありがたい。

「何もないのに、よう外に行くねぇ」

「その辺を散歩するだけでも楽しいよ。俺が今住んでいる所とは、何もかもが違うから」

「あんたの母さんとは正反対じゃね……」

祖母の声は非常に小さいものだったが、確かに悠護の耳にも届いた。

それは悠護自身も思っていることだ。でも祖母がすぐに洗濯物を干すためにその場から離れたので、今は何も聞くことができなかった。


外に出てしばらく歩いていると、見覚えのある姿が目に入る。

「あれは――」

麦わら帽子をかぶっているが、雰囲気でえりなだとわかった。

先日とは打って変わって涼しそうな薄いワンピースを着ており、まるで清楚《せいそ》なお嬢様のように見える。

えりなはとある木の一点をジッと見つめていて微動だにしない。悠護の姿にも気付いていないみたいだ。

やがて彼女の腕が、スローモーションのようにゆっくりと動いて。

「よしっ！」

その瞬間、えりなの指の間には一匹の小さな蟬《せみ》がいた。

蟬は抵抗するかのようにジージーと鳴き続けている。

「ツクツクボウシの雌か」

「凄《すご》いね！」

「わひゃうっ⁉」

悠護の声に驚くえりな。

今捕まえたばかりの蟬が、彼女の指からふらふらと空に飛び立っていく。

「あ……。ごめん……」

「いっ、今の、みみみみ、見て……？」

「うん、バッチリ。素手で蟬を捕まえるなんて、本当に凄いじゃん」

「う……あ……」

えりなは顔を真っ赤にしてしばし硬直していたが、突然キッと目つきを鋭くして悠護を睨《にら》んできた。

「…………？」

「じ、ジロジロ見ないで！」

「ご、ごめん」

初日にスーパーで会った時の態度とは違いすぎて、思わず悠護は困惑してしまう。

「そ、そういえば、俺ちょっと思い出したんだよ。昔一緒に遊んでたよね？　確かその時に――」

「何？」

「――」

氷のように冷たい目と声を向けられて、悠護は思わず言葉を途切れさせてしまった。

「悠護。この女子《おなご》、前の時と違ってだいぶ怖くねぇか……？」

ヒソヒソ声でチュンが言った直後。

「あの時の約束……破ったことならもう気にしてないから」

「え――」

またしても思考が停止する。

（約束……？）

えりなの態度が冷たくなったのは、どうやら悠護に原因があるらしい。

しかし彼女の言う『約束』を悠護はどうしても思い出すことができない。

えりなの家の庭で風船をバレーボールのようにバシバシと打ち合っていたことはたった今思い出したけれど、それが『約束』と繋がるものではないことは直感でわかった。

とはいえ、「何の『約束』をしていたっけ？」と改めて聞くのは気が引ける。

そもそも本当に気にしていないのなら、こんなに硬化した態度ではないはずだ。

（気にしてるってことだよな……）

悠護の中で彼女に対する罪悪感とモヤモヤが同時発生する。

何とかして『約束』を思い出さねばならない——が、五歳くらいの時のことを思い出せる自信はほとんどない。

「それで、これからどこに行くつもりなの？」

「えっ。えぇと……」

えりなに問われ、悠護は目線だけをチュンに向ける。

「タヌキが行きたがっているのは、すぐ正面に見える山の中みたいじゃ」

「あの山の中を、ちょっと探検してみようかなぁと……」

チュンに言われた通りに山を指差す悠護。

「それじゃあ、私も行く」

「えっ⁉」

まさかの同行宣言に、悠護とチュンは同時に目を丸くする。

「あれ、うちの親戚が所有している山だから。不法侵入になりたくないでしょ」

「そ、そうなんだ……。それじゃあええと、お願いするよ」

漠然と『そこらの山に入るのは自由』だと思っていたのだが、確かに山とはいえど誰かの所有する土地に変わりはないわけで。

その辺の感覚を知らないチュンは小首を傾《かし》げるが、えりながいる手前、悠護は説明することができなかった。

※　※　※

（……言っちゃった。一緒に行くって言ってしもうた……！）

心の中で悶絶《もんぜつ》しながら、えりなの心臓は激しく脈打っていた。

一昨日《おととい》から悠護が出歩いているのは知っていた。

えりなの部屋の窓から、ちょうど周囲一帯の道が見えるからだ。

昨日もえりなは、部屋の中から出歩く悠護の姿をジッと見つめていた。

その中で彼女はとある疑問を抱く。

（なんで、一人でウロウロしているんじゃ？）

この辺りには観光できるスポットなどない。畑や山しかないというのに。

ただ走るだけで楽しかった幼い頃とは違い、高校生がここら一帯を歩いて面白いと感じるとは、どうしても思えなかった。

健康のためのウォーキングだとしても、今の時季は暑さで倒れるリスクがある。早朝や夕方にするのが普通ではないだろうか。

そして疑問はもう一つ。

やはり悠護は、誰もいないのに誰かに話しかけている──ようにえりなには見えたのだ。

(気になるならいっそのこと、悠護君に声をかけてもらって話をすれば何かわかるかも?)

部屋の中でえりなはそう考えた。

自分から声をかける、という発想にならないところが、えりなの十二年のブランクが相当重たいものだということを物語っている。

こうして、えりなは悠護に声をかけてもらうため外に出たのだが──。

手が届く高さの所に蟬がいることに気付き、思わず足を止めてしまったところで、えりなの頭の中から一瞬だけ悠護のことが消えてしまった。

えりなは子供の頃から大の虫好きだった。

手で触れられる虫を見つけたら、つい手を伸ばしてしまう。

蝉を手で捕まえるなど、彼女にとっては造作もないことだ。

そしていつも通り捕まえたところで悠護《ゆうご》の声に驚き、テンパってしまったというわけだ。

ともあれ、悠護に話しかけてもらうという目的は達成したわけだが。

先ほどえりなと話していた時も、悠護は一瞬だけ誰もいない方に視線を送り、何かの顔色を窺《うかが》っているようだった。

単なる勘違いかもしれない。

普通に考えて、視線を逸《そ》らされただけの可能性の方が高いだろう。ちょっと傷付いてしまうけれど。

それでも、どうしても胸に引っかかるこの感覚。

悠護と二人きりなはずなのに、全然そんな感じがしないのだ。

ともあれ、成り行きで一緒に行動することになってしまった。

目の前にいる悠護は、写真の中の幼い彼とは違う。

ちゃんと動いている姿を見るだけでどうしてもドキドキしてしまい、彼が何か言う度に返答が力んでしまう。

同時に「どうしてあの時……」と、拗《す》ねた幼い自分も出てきてしまうのだが。

軽く聞いてみたが、やはり彼は覚えていないようだった。

それが原因で悠護に対する当たりが強くなっていることに、えりな本人はほとんど気付いていないのだった。

※　※　※

えりなの先導で、目的の山まで移動する一行。

ガードレールのない細い坂道を移動し続けると、道の脇に『きけん　はいるな』という手作りの看板が立っていたので悠護は少し怯《ひる》んだ。

看板がかなり朽ちているせいか手作りの温かみが損なわれ、逆に不気味な雰囲気を纏《まと》ってしまっている。

「この付近、たまにイノシシが出るらしいんだよね」

「イノシシ!?」

「うん。まぁ最近はそうでもないらしいけど。昔は畑が荒らされて大変だったってお祖母《ばあ》ちゃんが言ってた」

「そうなんだ……」

遭遇しませんように――と、悠護は本気で祈る。動物は好きだが、それとこれとは話が別だ。

看板を通り越してしばらく歩いた後、ぷっつりと道が途切れる。

ここから先は本当に山の中だ。

それまでおとなしくしていたタヌキが、急に右往左往しだした。

「早く山の中に入りてぇみてぇじゃな。ちょっと落ち着け」

チュンはタヌキの脇を抱えて持ち上げる。勝手に行ってしまわないようにするためだろう。

「かなり今さらだけどさ、一人で山に入って何をするつもりなの？　虫取り？　高校生にもなって夏休みの自由研究ってこともないでしょ？　お祖母さんはこのこと知ってる？」

「そ、それは――」

矢継ぎ早に問われるが、答えを用意していなかった悠護は救いを求めるかのように咄嗟《とっさ》にチュンに顔を向けてしまう。

と同時にえりなが悠護の隣に並び、チュンのいる方向をジッと見つめ始めた。

（え。もしかして見えてる？）

悠護の背中に冷や汗が流れる。

チュンもえりなの視線を受け、タヌキを抱えたまま硬直してしまった。

タヌキだけがジタバタと手足を動かしている。

「そこに何かいるの？」

端的、かつ鋭い指摘。

悠護は「うっ」という呻《うめ》き声を出しかけたが、何とか呑《の》み込んだ。

ひとまず、えりなにチュンたちの姿は見えていないらしい。

「いや。単に目を逸らしただけ……」

「そう？　それにしては視線が上だった気がするけど。人と目を合わせたくない時って、ちょっと下向かない？」

「そういうもの……かな？」

「そういうものだと思う。あとね、ずっと気になってることがあって。回覧板を届けに行った時さ……誰かと話してなかった？　誰もいないのに」

今度こそ悠護は言葉を失ってしまった。

確かにあの時、えりなの前でチュンの疑問に答えてしまった気がするが、後悔しても後の祭りだ。

しかしえりなはそこでハッと目を丸くする。

「い、いきなり変なことを言ってごめん……」

自分が突拍子もないことを言ってしまったという自覚があったのだろう。

少し俯《うつむ》き、しゅんとしてしまった。

悠護としてはえりなの言うことが当たっているので、罪悪感が生まれてしまう。

「……儂《わし》らのこと、この女子《おなご》に言った方がええかもしれん」

（──!?）

チュンの提案でまたしても驚く悠護。

「どうして？」という言葉を表情に乗せて彼女を見る。

「一人で山に入る理由、悠護は上手《うま》く説明できるか？　それならいっそのこと正直に全部話して、この女子にも協力してもらった方がええかもしれんで。幸いこの女子、儂らのことをちょっと勘付いとるみてぇじゃし」

チュンの言うことにも一理ある。

とはいえ悠護としては、正直に言ったところで本当に信じてもらえるのだろうか？　という懸念《けねん》の方が強い。

確かに、えりなは何か勘付いているようだ。

とはいえ悠護の行動を怪しんでいるからといって、見えない存在を本当に信じるとは限らない。

事情のある動物霊が『ハザマ』という存在になってしまって、それらと一緒に行動をしている――なんて説明をしても、頭がおかしくなったと思われるのが普通だ。

しかし、これ以上えりなを誤魔化すことも難しい気がする。

悠護はしばし葛藤する。

が、やがて諦観したように小さく息を吐いた。他に良《い》い案が浮かばないからだ。

それからもう一拍置いた後、「あのさ……」と恐る恐る切り出す。

「俺がここの山に来たかった理由、ちゃんと話すよ」

そして悠護は、チュンとの出会いから今までのことについて、えりなに包み隠さず話すのだった。


「…………」

悠護の話を一通り聞いた後、えりなはすっかり黙りこくってしまった。

生温《なまぬる》い風が木々を揺らす間も沈黙は続き、異様な空気に包まれる。

(こういう反応になるよなぁ。俺も逆の立場だったら困惑するしかないもん……)

心の中で思わずため息を吐《つ》く悠護。

手詰まり感があったとはいえ、やはり言わない方が良かったのかもしれない。

かといって悠護は誤魔化すのが苦手な方なので、あれ以上何かを言っても墓穴を掘る結果にしかならなかっただろうけど。

悠護がチュンの方を見ると、彼女も困ったように眉を下げていた。

チュンに抱えられているタヌキは暴れ疲れたのか、すっかりおとなしくなっている。

「今もその雀《すずめ》の子、いるの？」

「え、うん。すぐそこにいる」

「………見えない」

ジッと目を凝らすえりな。

彼女の視線は、チュンの頭より一つ分上だ。

「普通の人間には儂らは見えんからなぁ。悠護にハザマの姿が見えるのは、儂の力が特別強いからじゃし」

「でも、悠護君が嘘《うそ》を言っているようにも思えない」

えりなの言葉に悠護は安堵《あんど》する。

それだけでも十分にありがたかった。

「ありがとう。自分が変なことを言っているのは自覚してるよ。だから無理に付いて来なくても大丈夫――」

「だからぁ。ここはうちの親戚の山だからって言ったでしょ。そのタヌキが会いたい人がここにいるっていうなら、私も一緒に捜してあげるわよ！　もし業者の人がいても、私がいたらややこしいことにならないはずだし！」

「う、うん……」

なぜかキレられてしまった。

えりなの感情がいまいちわからないが、協力してくれるというのならかなり助かる。

「そろそろタヌキのために動きたかったところじゃしな。ありがとうな」

「チュンがありがとうって言ってる」

「……そう、なんだ」

「俺からもお礼を言わせてくれ。ありがとう。あと親戚の山なのにごめん」

「そ、そんなこと気にしなくても大丈夫じゃし——。勝手に山菜を採るとかしなければ」

顔を赤くして顔を背けるえりな。

照れ隠しがあからさますぎて、悠護は思わず笑みを浮かべてしまった。

「それじゃあ改めてタヌキに話を聞くかの。さっきは興奮しとったけど今の間でちょっと落ち着いたみてぇじゃし、朝よりは具体的なことがわかるかもしれん」

そう言うとチュンは抱えていたタヌキを下ろし、話をするために膝を突いた。

しばし無言の時間が過ぎる。

ツバメと違い、タヌキはチュンにしかわからない方法で会話を試みているらしい。

ハザマにも色々と個体差があるのだな、と悠護《ゆうご》は思った。

やがて静かに立ち上がるチュン。その顔はあまり明るくはない。

「どうだった？」

「どの辺にいるのか、具体的な場所はわからんらしい。タヌキが会いたい人、どうやら常に彷徨《さまよ》っていて毎日違う場所にいるそうじゃ」

「常に彷徨っていて？」

思わず顔を顰《しか》める悠護。

何か目的があって常に移動を繰り返している人を表現するには、適切な言葉ではない気がする。

彷徨うということは、迷子のような状態ではなかろうか。

そしてこんな山の中で迷子となると――。

「まさか、タヌキが会いたいのって生きてる人じゃなくて……幽霊――ってこと？」

「そうみたいじゃな……」

「なんてことだ……」

「え……？　ちょっと待って。今幽霊って言った⁉」

悠護の言葉に狼狽《うろた》えるえりな。

彼女にしてみれば悠護が独り言でいきなり不穏な言葉を発したようにしか見えない状態だ。チュンから直接聞いた悠護も驚いたくらいだから、当然の反応だろう。

「もうちょっと話を聞いてみるよ……」

えりなに断ってから、悠護は動揺を何とか抑えつつ再びチュンに向き直る。

「タヌキから聞いた話を整理すると——。四十年以上前、この山で迷子になった子供がおったらしい。そして山を下りることができず、亡《な》くなってしまったと……」

「そんなことがあったなんて……」

長い間離れていたとはいえ、一応地元だ。それでも悠護はまったく知らなかった。

「何かわかったの？」

こちらに不安げな表情を向けるえりなに気付き、悠護は今チュンから聞いたことをそのままえりなに伝えた。

「そういえば、昔そんなことがあったとは聞いたことがあるけど……。まさかこの山のことだったなんて」

いくら親戚所有の山とはいえ、四十年も前のことだ。えりなが詳しく聞かされていなくてもおかしくはない。

「タヌキがその子供を気にかけとるのは、その子に餌を貰《もら》っていたのと、そもそもタヌキを追いかけて山に入ってきたのが子供の遭難の原因だから、みてぇじゃ」

「そうだったのか……」

タヌキが悲しそうに一声鳴く。

当然、子供を死なせるつもりなどタヌキには毛頭なかっただろう。

子供の好奇心が招いた不幸な事故。

しかしそう伝えたとしても、既にハザマになってしまったタヌキには何の慰めにもならないはずだ。

そこで悠護はあることに気付く。

「……ちょっと待って。タヌキはその子供が彷徨ってるのを知っている——。ってことは、既にその子供の幽霊を見ているってこと？」

「ああ。タヌキは何度もその子供と会っとる」

「え……？」

既に何度も会っているのに『会いたい』とは、一体どういうことなのだろう。

悠護の心を読んだかのようにチュンは続ける。

「これは儂の推測じゃけど——。その子供は山で迷子になって死んでしもうた。そして今もなお彷徨い続けている。じゃけん子供が心から求めていることは『家に帰ること』で『自分が追っていたタヌキを見つけること』ではない、と思うんじゃ」

「つまり？」

「その子の視野が狭くなっている、ってことじゃねぇんかな。死の直前の記憶が強力すぎるゆえに、ずっとそれに囚《とら》われてしもうとる可能性がある。もしくは自分が死んだことに気付いてないから見えていない、という線もあるな。話を聞いた限りではな」

タヌキがまるで相槌《あいづち》を打つようにスンスンと小さく鼻を鳴らす。

「……そうか。儂の強い『気配』なら、その子供も気付く可能性があると思ったんじゃな」

前にも言っていたが、ハザマとしてチュンは特別らしい。

（人の言葉を話すことができる。気配が強い。そして人の姿に変わることができる……）

しかしそれは表面的なもの。

何がチュンを『特別』たらしめているのか、その詳しい要因は不明だ。

改めて悠護は、チュンは一体何なのだろうと疑問に思う。

チュンの存在を疑っているわけではない。怖さを感じているわけでもない。

ただ他のハザマとは明らかに性質が違う気がして、それが何か引っ掛かってしまう。

「悠護君……？」

突然黙り込んでしまった悠護を不安げな表情で呼ぶえりな。

「あ、ごめん。とにかくタヌキは、その子供の霊と会いたいっていうのは間違いないみたい」

「子供の幽霊を捜すのはわかったけど……それ、私たちには見えるの？」

「どうなんだろう……。言われてみれば俺もチュンやタヌキみたいな『ハザマ』は見えるけど、人の霊は今のところ見ていないし……」

「人間からすると同じに見えるかもしれんが、普通の霊とハザマとではちぃとばかし性質が違うからのう。ラジオの周波数みてぇなもんじゃな。あれも少しずれると違う局になったり、ノイズが入って聞こえなくなったりするじゃろ？」

「なるほど……」

悠護の祖母が午前中の数時間はラジオを聴いているので、チュンはその喩《たと》えを使ったのだろう。

「ちなみに儂《わし》、ラジオ体操踊れるで」

特にいらない情報も付いてきた。

「と、とにかく。チュンとタヌキにしかその子を見つけられない、ってことだよね」

「いや、悠護に関しては儂がおれば何とかなると思うで。聴きたいラジオ局の電波をキャッチするためには、チューニングをすればええ」

そう言うとチュンはふわりと浮き、悠護の肩にストンと下りた。

悠護がチュンを肩車している恰好《かっこう》だ。とはいえ重さは感じない。

悠護には普通の小さな女の子にしか見えないが、やはりチュンはこの世の者ではないのだなと改めて意識せざるをえない。

「それからの、こうじゃ！」

そしてチュンは両指で丸を作ると、悠護の目まで持っていく。

「これは、指で作った眼鏡……？」

「そうじゃ。悠護やその女子《おなご》を霊が見える体質に変えることは、さすがに儂にはできん。でも指先に力を入れることくれぇはできる。じゃけん儂がこうしている間、悠護にも霊が見えるはずじゃ」

「理屈はわからないけど、そうなんだ……」

かなり不格好だが、この場合仕方がない。

えりなには見えていないことが不幸中の幸いだろうか。

「…………」

しばしチュンの『指眼鏡』状態のまま周囲を見渡す悠護。

チュンの手が邪魔をしていつもより視界が狭くなっている。

試しに少しだけ歩いてみるが――。

「何してんの⁉　そっち行ったら危ないって⁉」

「おわっ⁉」

いきなりえりなに腕を摑《つか》まれる。

伸びた草の下に隠れてわからなかったが、よく見ると急斜面になっていた。

「あ、ありがとう……助かったよ。ちょっと今の俺、視界が狭くなってさ……」

悠護はえりなに自分の状態を説明する。

「…………」

しばし無言で悠護を見つめていたえりなの頰が、なぜか突然ほんのり赤く染まった。

「あ、あの……。それだったら悠護君が転げ落ちないよう、私が手を引いて移動してあげるよ」

「えっ⁉」

「だ、だって、危ないでしょ！」

「確かにそうだけど、嫌なら無理にとは……。俺がチュンと離れたら問題ないわけだし……」

先ほどのえりなの態度を見ると、何かの約束を忘れているらしい悠護に対してあまり良《い》い感情を抱いているようには思えない。

だから悠護なりに、えりなを気遣っての発言だったのだが――。

「それだと悠護君に霊は見えないんでしょ⁉　私が良いって言ってるんだからいいの！」

そのまま手を握られてしまった。

やや乱暴に握られたえりなの手は柔らかく、温かい。

同年代の女子と手を握ったのは、小学生の時の運動会で披露したダンス以来だ。

気恥ずかしさと緊張が一気に悠護に襲いかかるが、それを表情に出さないよう必死で抑えるのだった。

「そもそも私、別に嫌だって言ってないし……」

「え？」

「な、何でもない！　それよか、その見えない子たちとの話は終わったの？　そろそろ移動したいんだけど⁉　蚊に刺されまくってるし！」

「う、うん。待たせてごめん。方針は決まったからこれから動くよ」

「よく怒る女子じゃの……」

やり取りを見守っていたチュンがぼそりと呟《つぶや》くが、当然ながらえりなにその声は届かない。

「よし、行こう。チュン、タヌキの後を追えばいいの？」

「ああ。子供の幽霊捜し、開始じゃ」

こうして悠護《ゆうご》たちは、いよいよ山の中に足を踏み入れるのだった。


しばらく獣道に沿ってタヌキは進む。

悠護も姿を見失わないようにその後を追いかける。

今のところそれらしき子供の姿は見えない。

（タヌキのハザマの願いは、山の中を彷徨《さまよ》い続けている子供の幽霊が家に帰ること――）

しかもタヌキはその子のことを認識できるのに、その子にはタヌキの姿は見えず、どうしようもなかった。

四十年以上もすれ違い続けてきた両者のことを思うと、一刻でも早くどうにかしてあげたいという思いが募る。

チュンも同じことを考えているのか先ほどから無言だ。周囲に真剣に目を配っているのだろう。

そんな中、悠護と手を繋《つな》いでいるえりなの表情が硬いことに気付いた。

「大丈夫？　やっぱり無理してない？」

「だ、大丈夫だから！　ちょっと堪能《たんのう》してて——じゃなくて、足元に注意を向けすぎて変な顔になってただけだから！　私のことは気にしないでその幽霊の子を見つけてあげて！」

なぜかやや焦《あせ》りつつパタパタと手を振るえりな。

視界の利《き》かない自分の目の代わりになってくれているえりなに感謝をしつつ、悠護は言われた通りまた前を向く。

湿った落ち葉を踏みしめながら、緩い傾斜を登り続ける。

無言の中、悠護とえりなの足音だけが響く時間がしばらく続いた。

ふと、前を行くタヌキがピタリと足を止めた。次いで耳がピクリと動く。

「……悠護。近くにおるみてぇじゃ」

チュンの言葉で、悠護はより一層周囲に目を凝らす。

（どこだ？　どこに——）

木と草の緑が悠護の視界のほとんどを支配したまま。

異質なものは見当たらない。

「いた……！　左奥じゃ！」

続けて叫んだチュンの声の後、すぐそちらへ視線を向け――。

「…………っ⁉」

悠護は意図せず硬直してしまった。

「悠護君？」

急に足を止めた悠護を不審に思ったえりなが呼ぶが、彼は何も言うことができなかった。

脈拍が急激に跳ね上がり、呼吸が浅くなる。

明らかにそれは、生きている人ではないとわかるものだったからだ。

喩えるなら、白い靄《もや》。

それでもちゃんと、人の姿を象《かたど》っている。

小学校低学年くらいの、小さな男の子だった。

季節外れの長袖を着ているのに、全然暑そうに見えない。

チュンやタヌキは死んでいるとは思えないほど、悠護の目にハッキリと映っている。

だから何となく、人の霊もそういうふうに見えるのだと勝手に思っていた。

違った。

既にこの世の者ではなくなってしまった人の姿に、悠護は初めて恐怖心を抱いた。
それと同時に切なくもなる。
(この子は、こんな姿になってもずっと……)
悠護の異変からえりなも状況を察知したらしい。
緊張が伝わったのか、両者とも握っている手に無意識に力が入っていた。
男の子は静かに泣きじゃくりながら山の中を歩いている。
そしてこちらに向かってきていた。
タヌキは悠護に乗っているチュンを見上げる。
チュンはこくりと頷《うなず》き、真っすぐに男の子を見据えた。
「おい！　聞こえるかそこの子供！」
大きな声で男の子に呼びかけるチュン。
しかし男の子は止まらない。
肩を震わせて泣きながら、それでもただひたすら歩き続ける。
「おい！　そこの子供！」
チュンの再度の呼びかけにも応じない。
(そんな。止まらない……)

チュンが呼びかけさえすれば気付いてくれるのでは――と正直なところ思っていた。

予想とは違う反応に肥大していく焦り。

「あ――」

ついに男の子は、悠護の目の前に来てしまった。

手の甲で何度も涙を拭っているが、その視線は誰の方にも向かない。

タヌキにも悠護にも、そしてチュンにも。

「儂《わし》の声が聞こえるか⁉　聞こえてるなら止まるんじゃ！」

チュンの必死の呼びかけも、虚《むな》しく響くだけに終わり――。

スッと、男の子は悠護の体をすり抜けてしまった。

「――っ⁉」

ひんやりとした感覚が一瞬だけ悠護の全身を走り抜ける。

ワンテンポ遅れて、強烈な鳥肌が悠護の体に現れた。

振り返る悠護。

男の子は歩く速度を変えず、ゆっくりと遠ざかって行く。

このままでは行ってしまう。

「あ、あの――！」

悠護も思い切って男の子の背中に向けて声を投げるが、やはり反応はない。

そのまま森の奥へと進んでいく男の子を、悠護たちはただ見守ることしかできなかったのだった。

「行ってしまった……」

「本当に、儂らの姿も声も認識できとらんみてぇじゃな……」

「…………」

立ち尽くす悠護の足元で、タヌキが悲しそうにきゅうと一声鳴いた。

太い木の根元に背中を預け、悠護たちは休憩していた。

チュンは悠護の肩から下りて、今は少し離れた場所でタヌキと何かを話している。今後の作戦会議だろうか。

その様子を横目で見ながら、持参していた水筒のお茶で水分を補給する悠護。

山の中なので直射日光を浴びる頻度はかなり少ないが、それでも暑いことに変わりはない。

現在の悠護の地元ならそこら中に自販機があるけれど、この周辺の地域には一台も見かけない。

悠護は水筒を持たせてくれた祖母に感謝するのだった。

「えりなちゃんも飲む？」

「ほへっ⁉」

突然悠護に水筒を差し出されたえりなは、声をひっくり返らせた。

「いや、結構歩いたし。ちゃんと水分は取っておいた方がいいかなって」

「そ、それはっ、そう……だけど……」

えりなの戸惑い方を見て悠護はようやく気付く。

これではまるで、自分から間接キスをして欲しいと言っているようなものではないか。

当然悠護にそんなつもりはなかったのだが、時既に遅し。

「あ……。ちゃんと飲み口は拭くから……！」

「と、当然でしょ！　でも、その……ありがと……」

宣言通り飲み口を拭いてからえりなに水筒を渡した後、悠護はそちらを見ないよう努めた。

えりなの顔を見るのが無性に照れくさくなってしまったのだ。

当のえりなはこくりと喉を鳴らし、水筒をしばし真剣に見つめる。

「これが……悠護君の……神様ありがとう……」

悠護に聞こえない程度にぼそりと呟いた後、えりなは意を決して水筒を口に運んだ。

その後二人は何も言うことができず、ただ座り続けていた。

(何か、前にも似たようなことがあったような……)

突然悠護の全身に甦《よみがえ》る感覚。

ここに住んでいた子供の頃。今日みたいに暑い日。

(そうだ。暑い中えりなちゃんの家の庭で遊んで。日陰で休憩した時にこうして並んで座ってたっけ。そしてえりなちゃんのお母さんが麦茶を持ってきてくれて――)

断片的に脳裏に浮かぶいつかの光景。

ただその時にえりなが言っていた『約束』をしたかまでは思い出せなかった。

いや、おそらくしていない。

他愛のない話しかしなかったからこそ、この何でもない光景の方が脳裏に刻まれているのだろうから。

(しかしえりなちゃんを怒らせてしまうような『約束』か……)

その後しばらく自分の記憶の回廊を巡ろうとした悠護だったが、結局何も思い出すことはできなかったのだった。

った。

「さて。これからどうするか、じゃけど」

チュンが悠護《ゆうご》に声をかけたのは、えりなから水筒を返してもらった直後のタイミングだった。

悠護はえりなに「ちょっと話をする」と断ってからチュンの方を向く。

「何か手があるの？　こっちの声がまるで届かなかったけど」

「確かに、あそこまでとは儂も思っとらんかった。儂のハザマとしての強い気配なら……と思ってただけに、ちぃとプライド折られたわ」

「一応そこにプライド持ってたんだね……」

「まぁ、雀《すずめ》の体長ほどの小せぇプライドじゃけどな。それでな、さっきあの子供を呼び止めようとして――気付いたんじゃ」

「何を？」

「儂ら、あの子供の名前を知らん」

「あ……。言われてみれば確かに……」

「で、今タヌキに聞いてみたんじゃが……」

「知らないと？」

「いや、もっと深刻じゃ。そもそも『名前』が何なのか、わかっとらんかった」

「え――」

まさかの回答に、これには悠護も固まってしまった。

「儂は悠護に『チュン』という名前を付けてもろうた。じゃけん普通に受け入れとったけど……。でも普通、自然界の動物たちにはそういう概念はないんじゃ。儂も外の世界で雀として生きとった時、『他の仲間を名前で呼ぶ』という考えにはまったくならんかった」

「そう、か……。そもそも名前というものは、言葉を持つ人間だからこその発想ってわけか……」

これまでそのようなことを考えたことすらなかった悠護には、かなり衝撃だった。

だが納得できる。

動物たちは、匂いや見た目や声などで個々を判別しているのだろう。

「でも儂は人間のこの風習、ぼっけぇ好きじゃで。言葉を教えてもろうてからこの『チュン』て名前が一層気に入った。人間が何かに名前を与える時、必ずそこに意味があるって知ったけん」

チュンはそこでフッと優しく笑う。

「悠護は、どうして儂の名前を『チュン』にしたんじゃ？」

「そ、それは……。雀ってチュンチュン鳴くからっていう、とても安直な発想からなんだけど……」

当時の悠護は子供だったとはいえ、何の捻《ひね》りもない名前にしてしまった。今さらだが少し悪かったなと思ってしまう。

「なんでそんな顔するんじゃ。儂の言った通りちゃんと意味があるじゃねえか。そもそも雀の鳴き声を、人間がそういう言葉で表現しとるのも知らんかったし。じゃけん儂にとって『チュン』って名前は特別じゃし、悠護と一緒に過ごした時間と同じくらい大切な宝物なんじゃ」

「……まさか、チュンにそんなふうに言ってもらえるなんて想像すらしたことがなかったよ。何か、その……ありがとう」

「儂の方こそありがとう、じゃ」

微笑《ほほえ》むチュンの姿が、なぜか悠護には儚《はかな》く見えてしまった。

嬉《うれ》しさの中に、ほんの少しだけ切なさも混じっているような――。

(気のせい、か?)

しかしすぐに考えすぎだと思い直す。

素直に礼を言ってくれたチュンを、今はそのまま受け止めることにした。

「それでさっきの話に戻るが……。儂があの子の名前を呼べば、気付いてくれる可能性があるんじゃねえかなと思ったんじゃ」

「確かに。名前が特別なのは、何もチュンだけの話じゃない……」

「そうじゃ。人間も死んだ後に霊から名前を呼ばれるなんて経験をする奴《やつ》は、滅多におらんのじゃねえかのう？　それだけにインパクトは与えられるはずじゃ」

「そうなると次は――」

「ああ。あの子供の名前を調べてみるで」

「……と言っても、どうやって？」

「それなんよな。地元の人間に聞くのが一番じゃろうけど、四十年以上も前のことじゃしなぁ……」

「――あ」

悠護はポケットからスマホを取り出す。

電波は非常に微弱ながら一応入っているみたいだ。

「ちょっと調べてみる」

しばし検索を繰り返す悠護。だが、昔の遭難事故となると探すのが難しい。

山の遭難事故一覧が載ったページを見つけたものの、どれもが標高の高い山で起こった事故のようだ。

子供の行方不明事件の面からも調べてみるが、名前が出てくるのは未《いま》だに未解決のものばかり。それを見てさらに胸が痛くなってしまった。

やはり年月が経《た》っているせいで、あの男の子の名前をピンポイントで知ることは容易ではなさそうだ。

まるで悠護の気持ちに呼応するかのように、ぷつりと電波が途切れてしまった。

悠護はスマホをポケットにしまうと、隣に並ぶえりなを見る。

「え、えっと。悠護君の話を聞いていて何となくわかったのは、この山で亡《な》くなった子の名前を調べるつもり……なのかなって？」

彼女からすれば、悠護が不自然な独り言を呟《つぶや》いているようにしか見えなかったはずだ。

それでも意図を酌み取《と》って予想してくれたらしい。

「その通りなんだけど……。この山で起こったこと、えりなちゃんは詳しくは知らなかったんだよね？」

「うん……。何となく、どこかで聞いたことがあるくらいで。その情報の発信源もどこだったか思い出せないくらい。学校の噂話《うわさばなし》だったかなぁ？」

「親戚のえりなちゃんが聞かされてなかったということは、この山で起こったことはここら辺じゃタブー扱いされてたってことなのかなぁ」

「あぁ……。確かにこの辺の人たち、外面とか気にするところあるもんなぁ。楽しい話じゃないし気を遣っていたのかも。それにそもそも四十年も前のこと、ってのもあるかもしれないし。お母さんたちも知らない可能性あるもん」

つまり誰かから話を聞くとなると、えりなの両親よりも上の年配者からという形になるだろう。

だが、今の時代にわざわざ掘り返しても良い話題なのだろうか。

（幼い頃に引っ越した俺が知らないのはある意味当然だけど。ずっとここに住み続けているえりなちゃんも知らないとなると……）

神妙な面持ちで悩む悠護の足元に、タヌキがゆっくりと近寄ってきた。

最初の頃と違って落ち着いているのは、チュンたちが親身になって協力しているのがわかっているからだろうか。

「チュン。タヌキは何か言ってる？」

「ちょいと儂《わし》が聞いてみたところ、新たな事実がわかったぞ」

「え、何？」

「このタヌキ、子供から餌を貰っていたと言っていたよな？　その後、子供はタヌキを追いかけて山に入った――。で、タヌキがどこで餌を貰っていたかというと、子供の家の庭みてぇじゃ。つまりタヌキは子供の家を知っとる」

「ということは……」

「ひとまず、子供の家に行ってみようで。名前がわかるかもしれん」

「…………うん」

チュンの提案を受け、悠護の胸にモヤモヤしたものが発生する。

しかし今は何も言わず、静かに立ち上がるのだった。


タヌキを先頭に山を下りる悠護たち。

獣道にもなっていない斜面を下るのはかなり大変だった。

道中、悠護はえりなを気遣って手を差し伸べようとしたのだが、「わ、私の方が何倍も山に慣れとるし⁉」と拒否されてしまった。

事実、えりなは枝を摑《つか》んでバランスを取りながら難なく下りて行く。

(あ――。確か昔も、こうやって一緒に山に入ったような……)

忘れていた遠い日の一部が、またしても微《かす》かに悠護の頭に甦る。

その時も悠護はえりなの後ろを追いかけていて。

確か、網とカゴを持って虫取りに向かっていた。

そして何かの虫を捕まえたえりなが、満面の笑みで振り返って——。

「見て。下に道が見えるよ」

えりなの声でハッとする悠護。

ずっと薄暗かったのだが、少し先は明るい日に照らされていて無意識に安堵《あんど》する。

そのまま下り続けると、山に入った時とはまったく別の細い道に出た。

近くの住民が畑に行くための道のようだ。

「こっちの地区は、私もほとんど来たことないなあ」

歩きながらえりなが呟く。

ポツリポツリと点在している民家は、どれもが随分と古い造りのようだ。

田んぼの畦道《あぜみち》のように細い道を歩くタヌキが、不意に足を止める。

悠護たちもつられて足を止めると、視線の先に周囲から隔離されたような一軒の家が建っていた。

「もしかして、あそこが……」

「……みてぇじゃな」

ここからだとちょうど家の裏側に着く。

タヌキが子供から餌を貰っていたであろう庭には、石で囲った花壇と小さな池があった。

庭の全体に雑草が広がっていて、少し荒れた印象を受ける。

その中で花壇の中だけはとても綺麗《きれい》だった。

数本の向日葵《ひまわり》が植えられており、行儀よく太陽を見つめている。

「…………」

無性に侘《わび》しさに襲われた悠護《ゆうご》は、しばし言葉を失ってしまった。

タヌキは再び歩き出し、その先にある生い茂った藪《やぶ》の中に身を隠した。

「生前もここで身を隠して、子供が餌を持ってきてくれたタイミングで出て行ってたらしいで」

悠護たちも同じように身を隠す。

ここで誰かに見つかってしまったら、不審者扱いされてもおかしくないと気付いたからだ。

「儂はちぃと中を見てくるわ」

チュンはそう言うと、ふわりと浮いて家の中に入って行った。

裏庭から縁側を越え、畳の部屋に入ったチュン。

彼女を出迎えたのは、悠護の祖母の家と同じく立派な仏壇だった。ただ、その扉はキッチリと閉められている。

仏壇の上には二枚の遺影が飾ってある。

一枚は年老いた男性。

そしてもう一枚は、山で見かけたあの子供だった。

山で見た時より髪がかなり短いのは、亡くなった時より随分前に撮られたものだからだろうか。

隣に並ぶ真顔の老父の遺影とは対照的に、こちらに向けて屈託のない笑顔を向けている。

「…………」

しばしその遺影を見つめるチュン。

泣き顔しか見ていないので、そのギャップに胸が詰まる。

突然、カタリ、と奥の方から音がした。

チュンはすぐにそちらに向かう。

廊下を挟んだ向こう側は台所になっていて、そこに一人の老婆が椅子に腰掛けていた。

直感的に、この老婆が子供の母親だとわかった。

顔の輪郭、そして少し垂れた眉の形が男の子とそっくりだ。

テーブルの上には裁縫道具が置かれている。

何かを縫っている老婆の背中は、酷《ひど》く曲がっているように見えた。

腰を悪くしたのか、それとも他に原因があるのか。

年齢は悠護の祖母より少し上ほどだろう。しかしその老化具合は、悠護の祖母をずっと近くで見てきたチュンからすると雲泥《うんでい》の差があった。

チュンは台所から離れ、他の部屋も覗《のぞ》いてみる。

随分と物が少なくて小さい、という印象を受けた。

悠護の祖母の家には、大きな食器棚があったり立派な檜《ひのき》のタンスがある。

しかしこの家の家具は、どれもこれもがこぢんまりとしているのだ。

「家の中も暗ぇ気がするな。日当たりのせいじゃろうか……」

そんな中、ふと気になる気配を感じた。

玄関だ。

すぐそちらに向かってみるが、誰かがいた形跡も、別段変わった物も置かれていない。

大きな靴箱の上に小さなフックがあり、車の鍵が掛けてあるくらいだ。

鍵には小さな鈴のキーホルダーが付けられていた。

元は色が塗られていたのだろうが、今は塗装がほとんど剥げており銀色の下地が剝き出《むだ》しになっている。

「何じゃろう？　ほんの微かな念みてぇのを感じるが、霊じゃねえしな……」

改めてぐるりと視線を動かすが、特におかしいものは見つけられない。

チュンはそれ以上玄関を見ても無駄だと判断し、次の場所へ移動する。

子供の名前に繋《つな》がる何かが残っているのではないか、と一通り家の中を見て回るチュンだったが、見える範囲にそのような物は一切置かれていない。

家の中は、悲しくなるほどただ静かだった。

しばらくチュンの帰りを待つことしかできない悠護たちは、藪の陰に身を隠し続けていた。

「う〜、蚊が寄ってくる。今どういう状況なの？」

「チュンが家の中を調べに行ってる。タヌキは……隣にいる」

小声で尋ねるえりなに、小声で返す悠護。

隣にタヌキがいると言われたえりなは咄嗟《とっさ》にそちらを見るが、やはり彼女の目には何も映らないのか僅かに眉を寄せた。

「私たちが山に入ってきた場所から、結構離れてるよ、ここ」

「そうだね。かなり歩いた気がする」

直線で見ると、大した距離にはなっていないかもしれない。が、森の木々を縫うように移動してきたことに加えて勾配もあるので、体力はかなり消耗していた。

これを自分たちの年齢の半分ほどの子供が経験したとなると、相当辛《つら》かったことは想像に難《かた》くない。

しばし沈黙だけが続く。

タヌキの言葉がわかれば良いのにな——と、今さらながら悠護は思った。

数分経《た》ってからようやくチュンが帰ってくる。

心なしか、表情が沈んで見えるのは気のせいだろうか。

「お帰り。どうだった？」

「この家、今は婆《ばあ》さんが一人で暮らしとるみてぇじゃな」

「わかるの？」

「悠護のばあちゃんの家と同じような感じじゃったけぇ。仏壇に旦那っぽい遺影と——子供の遺影があった……」

「そうか……」

「ただ、子供の名前がわかるような物は見つけられんかった」

チュンはそこで視線を落とす。

「儂《わし》、家の中を探しても子供の名前がわからんかったら悠護が親族に直接名前を聞けばええと思っとったけど……。あの婆さんの姿を見たら、その気持ちがすっかり引っ込んでしもうたんじゃ。何でじゃろう……。悲しそうとか、そんな一言で表せるものじゃねかったというか……」

俯《うつむ》くチュンの頭に、悠護は咄嗟に手を伸ばしていた。

「悠護……？」

「チュン。俺たち人間にとって『死』の話題というのは、その……なかなかセンシティブなものなんだ。だから見ず知らずの人にいきなり親族の死について聞く人は、そうそういないんだよ」

「そういうもん、なのか……」

「うん。直接聞くのが手っ取り早いと俺も思う。けれど、今は別の方法で探っていく方が良《い》いんじゃないかな」

もしかしたら、案外すんなりと教えてくれるかもしれない。

しかし四十年以上経っていても、未《いま》だに癒えない傷を抱えている可能性もある。

いた。

どちらにしろ、悠護としてはいたずらに遺族の許《もと》に行くことは避けたかった。

その辺りの感覚を人ではないチュンも何となく感じ取ってくれたことに、内心安堵して
いた。

「あ──」

突然声を上げ、立ち上がるえりな。

視界の先に何かあるのかと思ってそちらを見るが、特に変わったものはない。

「どうしたの？」

「うちなら、名前わかるかも……」

「えっ？」

「新聞だよ。うちの曽《ひい》おばあちゃん、気になった新聞記事を切り抜いて取っているタイプ
でさ。もしかしたら、当時の新聞記事が残っているかもしれない……」

思わず顔を見合わせる悠護とチュン。

「今は他に手掛かりもない。可能性があるならそれに賭けてみるしかねぇの」

「家に行っても大丈夫？」

悠護の問いにえりなはこくんと頷《うなず》く。

こうして、悠護たちはえりなの家に向かうことになったのだった。

えりなの家に到着するなり、彼女は「上がって」と悠護に短く促す。

急に態度が素っ気なくなった気がするが、緊張しているのだろうな――とすぐに想像がついた。

なぜなら、悠護も同じ気持ちだったからだ。

「お、お邪魔します」

「あら？」

奥から出てきたのはえりなの母親だ。

顔を見た瞬間、悠護は幼い頃の記憶の一部を思い出した。

確か、えりなと庭で遊んでいる時に写真を撮ってもらった気がする。

「えっと、彼はその、悠護君……」

えりながもじもじと紹介すると、えりなの母親の顔が一気に明るくなった。

「あらあらあら！　久しぶりじゃねえ悠護君！　すっかり大きくなって！　元気しとった？」

「は、はい。お久しぶりです」

「うちに連れてこれたんじゃね。へえ～」

「う、うっさいなぁ。ほっといてよ」

「そうだ。せっかくだし、悠護《ゆうご》君うちでお昼ご飯食べていきねぇ」

「えっ」

「お、お母さん⁉」

「いいじゃない。今日はうちの男共はちょうど出かけておらんのだし。悠護君のお祖母《ばあ》ちゃんには私が電話しとくから。ね？」

「あ……はぁ。それじゃあお言葉に甘えさせてもらいます」

有無を言わさない雰囲気に、悠護は首を縦に振らざるをえなかった。

えりなも突然のことに困惑しているのか、頬を染めて口をパクパクしていた。

が、もう引き返せない状況だと理解したのか急に真顔に戻る。

「……悠護君、こっち」

「そんな仏頂面《ぶっちょうづら》で言わんでもええじゃろうに」

「だ、だからほっといてってば！」

ニマニマとえりなを見る母親を鬱陶しそうに追い払いながら、えりなは悠護を家の奥へと案内する。

その悠護の後ろに女の子の姿をした雀《すずめ》とタヌキまで付いてきているとは、えりなの母親は想像すらできないだろう。

（あ、ちょっと思い出した。何回か家に上がらせてもらったことがあったなぁ。……って、あれ？　そういえば、えりなちゃんがうちのばあちゃんの家まで来たことあったっけ？）

なぜか、いつも悠護の方がえりなの家に出向いて遊んでいた気がする。が、その理由までは思い出せない。

「ちょっとここで待ってて。適当に座っていいから」

案内されたのは十畳ほどの居間だった。

中央には高級そうな座卓が置かれており、その脇に厚みのある座布団《ざぶとん》が敷かれている。

えりながどこかに行ってしまったので、悠護は言われた通りおとなしく座布団の上に座った。

チュンとタヌキは物珍しそうに部屋の中をキョロキョロと見回している。

「タヌキは人間の家の中に入るのは初めてなんだと。ちぃと緊張しとるみてぇじゃ」

「緊張するなら無理しなくてもいいのに」

「ここまで来たわけじゃし、とことん付き合うつもりみてぇじゃな。これから何をするかはわかっとらんっぽいけど。でも、この行動があの子供を呼び止めることに繋がるってのは理解しとるみてぇじゃ」

「そっか……」

しばらく黙ってえりなを待ち続ける。

小さな振り子時計の音だけが部屋に響く。

それから間もなく、えりなは戻ってきた。

「お待たせ。借りてきたよ」

えりなはよいしょ、と言いながら九冊のスクラップブックを座卓に置く。

A3サイズのクリーム色をしたスクラップブックは、どれも表紙が日に焼けていてかなり年季が入ってるように見える。

「四十年くらい前の新聞記事が見たい、って言ったらこれを渡してくれた。でも、曽おばあちゃんがどういう基準で記事を切り取っていたのかはわからない。もしかしたら……」

ない可能性もある。

が、えりなはここまで来て言いにくかったのか、あえて口に出さなかった。

はたして、この中に遭難の記事があるのかどうか――。

チュンが悠護の隣に並ぶ。

えりなが慎重に表紙をめくると、綺麗《きれい》に切り取られた新聞記事がページいっぱいに貼られていた。

「うわ。凄《すご》い……」

思わず声が洩《も》れる。

人気歌手の引退記事から、当時の内閣の不信任案が可決されたという政治の記事、とある町で飼われている犬が捨て猫を見つけたというものまで、ジャンルは多岐にわたっていた。

「特に一貫性みたいなものはないけど、比較的地元の記事が多いような……？」

「うち、新聞は地方紙だから」

「なるほど……」

となると期待できるかもしれない。

目を皿のようにして、悠護とえりなは新聞記事を追いかける。

中にはとても小さな見出しの記事もあるので、見逃さないよう気を付けなければならない。

「儂、難しい漢字は読めん……。二人に任せるわ」

悠護の隣に座ったもののチュンは「頭が痛くなってきた」とその場から離れ、タヌキの許へ向かう。

「待っとる間、儂と遊ぼうで」

チュンはタヌキの頭や耳を一通り撫《な》でた後、女の子の姿から雀の姿に戻った。

タヌキを挑発するかのように、パタパタと上昇と下降を繰り返すチュン。

その内タヌキも本来の狩猟本能を刺激されたのか、チュンに向かってぴょんぴょんと飛び跳ね始める。

そしてついには、部屋の中で追いかけっこが始まってしまった。

(可愛《かわい》いけど気が散る……)

悠護の視界の端でドタバタする一羽《わ》と一匹。

けれど、これが見えているのは自分だけだ。

叱《しか》るのもちょっとな……と思った悠護は、口元を引《ひ》き攣《つ》らせることしかできないのであった。


九冊あるスクラップブックの内、七冊まで見終えてしまった。

「見つからないね……」

「うん……。でも、まだ二冊ある」

切り取られた新聞記事は時系列順になっているが、正確な遭難の日時がわからないので順番に見ていくしかない。

「八冊目……」

ゆっくりと表紙をめくるえりな。

瞬間、二人は目を見開いた。

「悠護君、これ――」

「……うん」

『行方不明の7歳男児　遺体で発見。凍死か』

黒い枠に覆われた大きなその見出しに、胸が圧《お》し潰されそうになる。

言葉に出さずとも二人は「これだ」と直感した。

四十二年前の十二月下旬。

小学一年生の男の子が前日から行方不明となり、二日後に山で見つかったという痛ましい内容だ。

見つかったのは三十度近い傾斜の岩陰という、大人でも容易に立ち入ることができない場所だったために発見が遅れてしまったらしい。

そこに書かれていた名前は――。

「仁科一《にしないち》……」

悠護が呟《つぶや》いた瞬間、タヌキと遊んでいたチュンの動きが止まる。

慌てて悠護の隣に並び、また少女の姿になった。

「悠護。もしかして――」

「……………うん」

噛《か》んで含めるように、悠護はもう一度呟く。

「あの子の名前は、一君だ」

えりなの家で昼食を食べた後。

再び悠護たちはあの山の中に戻っていた。

前回と同じくチュンは悠護の肩に乗り『指眼鏡』を作っている。

同じくえりなも同行しているのだが、今度は悠護の手ではなく服の裾を摑《つか》んでいる状態だ。

気恥ずかしさが先行して、また手を繫《つな》ぐことを悠護からもえりなからも言い出すことができなかったからだ。

とはいえ、これはこれで照れくさい状況ではあるのだけれど。

できる限りそちらに気を回さないよう、あの男の子を捜すことに注力する。

しかし見える範囲にそれらしき姿はない。

「いない。どこに行ったんだろう」

「タヌキが言うには、常に彷徨《さまよ》っとるらしいけんの……。さっき見た場所とは全然違う所に行っとる可能性は高ぇじゃろうな」

木々の間を目を凝らして見つめる悠護。

白い靄《もや》のようだった男の子の姿を思い出す。

薄暗い山の中では、見落としてしまう可能性もあるだろう。

「一君！」

悠護は大きな声で呼びかける。

「一君！　迎えに来たよ！　いたら返事をしてくれ！」

「聞こえたら返事をするんじゃ、イチ！」

チュンも続けて声を上げた。

しばらく耳を澄ますが、声が返ってくる気配はない。

大量の蝉《せみ》の声と、遠くの方で鳴いているカラスの声が聞こえるのみだ。

「この近くにはいないか……。移動しよう」

「悠護君。そこ草で隠れてるけど地面じゃない。足を滑らせないように気を付けて」

「うん。ありがとう」

えりなの忠告に従い、慎重に進むことにも注意を払う。

まるで悠護《ゆうご》に気を遣うように、きゅう、とタヌキも小さく鳴いた。

「……もう少しだからね」

タヌキにそう返してから悠護は再び前を向く。

「ああ。今日で終わらせよう」

チュンも頷《うなず》き、真剣な目つきで周囲を見据えた。

名前を呼びかけながら少しずつ移動していく一行。

チュンは一度悠護の肩の上から離れて上から見下ろしてみたが、鬱蒼《うっそう》と茂る木々が邪魔をして広範囲は見渡せなかった。

再び悠護の上に戻ったチュン。

あまり時間をかけすぎると日没に間に合わなくなる、という焦《あせ》りが募っていく。

その時だった。

「…………いた」

呟いたのはチュン。

チュンの視界の端に映ったのは、木々の合間を縫うように少しずつ移動している白い靄。

間違いなく一だった。

「悠護、斜め右方向じゃ！」

「――っ⁉」

チュンの声ですぐさまそちらへ視線をやる悠護。

「待って一君！」

悠護が叫ぶが、一は足を止めない。

「くそっ。やっぱり聞こえてないのか⁉」

「イチ！　止まってくれ！　儂《わし》らはお主を迎えに来たんじゃ！　ここにタヌキもおる！」

チュンの必死の呼びかけにも、やはり反応はないままだった。

ダメなのか。

せっかく名前を調べて戻ってきたのに、それほどまでに彼は強い孤独と恐怖心に囚《とら》われているのか――。

もどかしさにチュンは堪《たま》らずギリッと歯ぎしりをしてしまう。

タヌキと一。

四十年以上もの間、両者はすれ違い続けてきた。

死んでからの時間の感覚は個体差が非常に大きい。

死後、チュンは悠護の祖母の家にずっといたので人間の時間の概念はわかっている。

しかしこの野生のタヌキが抱いてきたであろう時間の感覚は、おそらくチュンと同列ではない。

当然、一の感覚も。

ただ、どうしようもなく長い時を経てきた——ということだけは嫌でもわかる。

一が延々と彷徨い続けているのは、おそらく『迷子になった』ということに強く囚われているからだろう。

その強い観念を誰かが破ってあげないと、これからも永遠に彷徨い続けてしまう可能性がある。

ずっと一を導こうとしている、タヌキも同じように。

(そんなの、悲しすぎるじゃろう……)

だから一刻も早く会わせてあげたい。

それなのに声が届かない。

目の前にいるのに。

(いや、諦めない。絶対に届かせてみせる。絶対に……!)

チュンは決意を込め、キッと一を見据えた。

「……悠護。今から儂、おもいっきり叫ぶから耳を塞いでくれ」

「えっ？」

「儂のハザマとしての力も声に載せるけん、もしかしたらとり憑《つ》いとる悠護に影響あるかもしれんから」

「え。影響ってどんな？」

「耳がキーンとなるかも」

「耳元で大声を出されたら普通はそうなるんじゃ……？」と悠護は思ったけれど、チュンの声が真剣だったので声には出さなかった。

「あと、別のハザマが寄って来るかもしれん」

「そっちの方が大ごとだよ⁉　今このタイミングで寄って来られても、対応が難しいのでそれはちょっと勘弁してほしいかも……」

「まぁそこまで広い範囲には届かんじゃろうから、この山に他のハザマがいないことを祈るしかねぇな」

（おそらく大丈夫じゃろうけど）

ハザマは、人間に対して強い想《おも》いを抱いている動物霊がなったもの。

今この山にいる人間は、悠護とえりなだけだろう。だから必然的にハザマもいないということになる。
だが確定もできないので、チュンは何も言わずにおいた。
ゆっくり、大きく息を吸うチュン。
そのまま瞑想《めいそう》するかのように、スッと目を細める。
何かを感じ取っているのかタヌキがソワソワしだした。
悠護は忠告に従い耳を塞ぐ。
何が起こっているのかわからないえりなは、黙したまま不安げに悠護を見ている。
そして――。

「「イチ！　お主を迎えに来たぞ！」」

ありったけの力と祈りを込め、一の背中に向けてチュンは叫んだ。
風もないのに木々をざわめかせる風圧。
ぶわり、と悠護の全身に一気に鳥肌が立つ。
近くの木に止まっていたのであろうカラスが、ギャーギャーと騒ぎながら飛び立った。
直後、一瞬だけ訪れる静寂。

辺りが不気味なほど凪《な》いで――。

瞬間、ピタリ、と足を止める一《いち》。

ゆっくり、ゆっくりとチュンたちの方へ振り返る。

その泣き顔は驚愕《きょうがく》に変わっていた。

つまり、こちらを認識している――。

悠護は緊張で喉を鳴らした後、恐る恐る続けた。

「仁科《にしな》一君、だよね？」

「――――っ！」

「俺たちは、君を捜しに来たんだ」

「あ……う……」

一の目にまた涙が溜《た》まっていく。

だけど、先ほどまでの泣き顔とは明らかに違う。

誰が見ても、安堵《あんど》からくる涙だとわかるものだった。

「こわ……かった……！　ぼく、ずっと一人で……！　暗くなってしもうて。道がわからんくなって……！」

「一人でよく頑張ったな、イチ。儂らが来たからもう大丈夫じゃ。一緒に家に帰ろう」

「う…………わあああああああああん！」

四十年以上ずっと孤独に彷徨っていた少年は、この日ようやく、永遠の輪の鎖から解き放たれたのだった。

しばらく泣いた後、一はようやく落ち着きを取り戻したのか、改めて悠護たちの顔を見回した。

「お兄ちゃんたち見たことないけど、どこの人？」

「えっと、山の裏側の方に住んでて。俺の所にも一君がいなくなったって情報が回ってきたから、みんなで捜しに来たんだよ」

「そっか……ありがとう。君も村の子？」

問いはチュンに向けてだ。

二人の見た目は同じくらいの年齢なので、チュンに対して親近感を覚えたのかもしれない。

「まぁ、そうじゃ」

「何で肩車してもらってんの？」

「それは、その……。儂、ちょっと疲れてしもうたけん……」

霊から見ても、やはり悠護とチュンのスタイルは少々不自然らしい。

とはいえ一はそこまで興味がなかったのか「ふーん」という一言で済まされてしまった。

その一の足元にタヌキが静かに近付いた。

少し怯《おび》えているように見えるのは、自分がちゃんと認識されているのかどうか未《いま》だにわからないからだろう。

タヌキを見守るチュンと悠護にも緊張が走る。

「あ――！　まる！　まるだ！　良かった。ずっと捜してたんだぞ！」

そんな二人の心配をよそに、一は嬉《うれ》しそうにタヌキの頭を撫《な》でた。

それに返事をするかのようにタヌキはきゅうと一声鳴く。

「見えてるんだ……。良かった」

「『まる』か。お主も名前を与えられてたんじゃな……」

『名前』の意味を、まるはずっと知らなかったけれど。

それでも、まると一を繋《つな》ぐ『何か』だったことはまるも感じ取っていたに違いない。

そうでないと、四十年以上も一のために動いていないだろう。

「イチ。まるが帰り道を知っとるらしい。じゃけん、ちゃんとまるの後に付いていくんじゃぞ」

「うん。わかった！」

チュンの言葉にしっかりと答えた後、一は言われた通りまるの後を歩いていく。

悠護《ゆうご》たちは一が再びはぐれてしまわないよう、念のため後ろから見守る。

「見つかったから、今から山を下りるって」

小声でえりなに説明をする悠護。

「そう。良かった」

えりなは短く答えた後、ホッと安堵の息を吐く。

「あの……。何も見えないのに、俺の言うことを信じてくれてありがとう」

「まぁ、確かに凄《すご》く変な感じだけど……。でもやっぱり、私には悠護君が嘘《うそ》を言っているようには見えないし……」

「そう、か。変なことに付き合ってもらってごめんね」

「わ、私は別に……！　何回も言ってるけど、悠護君が不法侵入にならないために付いてきただけなんだから！」

えりなの下手な言い訳に悠護は微笑《ほほえ》んでから、一の白い背中を追うのだった。

山を下りた先は一の家の庭だった。

やはりまるにとって、一から餌を貰《もら》っていたこの庭が特別な場所なのだろう。

「帰ってこれた……」

一は声を震わせて家を見つめる。

くーんと寂しそうにまるが鳴くと、一はその頭を何度も撫でた。

「ありがとうな、まる。お兄ちゃんたちもありがとう」

「うん。それじゃあ俺たちはこれで」

「じゃあの！」

悠護たちに手を振ると、一は庭から玄関に向かって全速力で駆けていった。

「お母さーん！」と大きな声で叫びながら。

「……終わったな」

「うん……」

悠護がそう言った直後。

「きゅう」と、まるがこれまでで一番大きな声で鳴いた。

まるの全身が淡く光を発している。

そして――。

キンッ、という甲高い音と共に、まるは光の粒になって消えてしまった。

ツバメの時と同じように、虚《むな》しくなるほど、呆気《あっけ》なく。

「まる……」

「長い間、お疲れ様……じゃな」

まるがいた空間をしばし見つめる二人。

二人の心に呼応したかのように一陣の風が吹き、周囲の木々がざわめいた。

「……俺たちも帰ろう」

悠護の言葉に、チュンとえりなは無言で頷《うなず》く。

チュンはずっと乗っていた悠護の肩からふわりと浮き、一の家をもう一度見つめる。

「………………」

「チュン？　置いてっちゃうぞ」

「ああ、すまん」

既に歩き始めていた悠護とえりなを追うチュン。

空はすっかりオレンジ色に染まっている。

まるで見送るかのように、少し萎《しお》れた庭の向日葵《ひまわり》が三人の方を向いていた。

※　※　※

一の母親、仁科雅子《まさこ》は夕飯の準備をしていた。

長年連れ添った夫が病気で亡《な》くなり、独り身になってから随分と経《た》ってしまったが、三食をきっちり自分で作ることだけはやめていなかった。

そうでもしないと、余計なことを考えてしまうから。

常に手を動かすことで、自身の胸の内に発生する様々な負の感情を忘れることができるから。

家の中で俯《うつむ》いていることが多かったせいだろうか。

年齢を重ねるごとに、自分でもわかるほど背骨が曲がってきていた。

それでも、台所に立つ雅子の動きは鈍くない。

大根の皮を剝《む》き、手際《てぎわ》良くいちょう切りにする。

雅子が作る味噌汁《みそしる》には常に大根を入れているのだが、幼い一には不評だったことをふと思い出してしまった。

「…………」

四十年以上経っても忘れられない。

とっくの昔にすり減ってしまった心だけれど、それでもたまに痛むことに少し安堵もする。

まだ、ボケていないとわかるから。

小さな鍋に水を入れ、火にかけようとした直前のことだった。

――チリン。

小さな鈴の音が聞こえてきたのは。

「――っ⁉」

思わず手を止め、硬直してしまう。

――チリン。

「この音……は……」

幻聴ではない。

ハッキリと聞こえた。

雅子は慌てて台所を飛び出す。

玄関の靴箱の上に置いてある、車の鍵。

その鍵に雅子はずっと鈴のキーホルダーを付けている。

一《いち》が元気だった頃、家族三人で旅行に行った時に買った物だ。

とっくに塗装が剥げて元の桃色など見る影もなくなってしまったが、それでも雅子はこれを外すことができなかった。

一は遊びから帰ってきた時や学校から帰ってきた時など、必ずこの鈴をおもしろ半分に撫でて鳴らす癖があった。

その鈴が、鳴った。

一が亡くなってから、一度もこの音を聞いたことがなかったのに。

――チリン。

三度目の音が鳴った後、雅子は玄関に続く廊下の途中で、膝から崩れ落ちてしまった。

「あぁ……あぁ……！」

一がいなくなってしまってから、どれほどの涙を流しただろう。

とっくに涸《か》れてしまったと思っていたのに、それでも涙がとめどなく溢《あふ》れてくる。

もう雅子は疑いようがなかった。

「お帰り、一……！　こんな時間までどこ行ってたんよ……！」

薄暗くなり始めた廊下に、雅子の嗚咽《おえつ》が静かに響き続けた。

居残りすずめの縁結び

あやかしたちの想い遺し、
すずめの少女とお片付け

三、動かない犬

「はぁ〜。よく寝た」

カーテンの隙間から洩《も》れてくる光が眩《まぶ》しい。

悠護の目覚めはスッキリとしていた。

昨日は山の中を歩き回ったせいか、帰ってからどっと疲れが押し寄せてかなり早い時間に眠りに就いていたのだ。

しかし時計を見た悠護は目を丸くする。

「えっ、もうこんな時間⁉」

朝と呼ぶには遅くて、昼と言うには早い時間になっていたのだ。

そういえば、今日はチュンに起こされなかった。いつもより起床時間が遅くなったのはそのせいだろう。

そのチュンは、悠護の足元の布団《ふとん》の上で眠っていた。

「チュン……?」

呼んでみるが返事がない。

一瞬嫌な予感が悠護《ゆうご》の胸を過《よぎ》る――が、チュンは既に死んだ存在であることを思い出した。

ツバメやタヌキみたいに消えていないので、成仏《じょうぶつ》したわけではないだろうが――。

やはりこれまでと様子が違うので不安になる。

「チュン。おいってば」

「ん………」

悠護が肩を揺らすと、ようやくチュンの目がうっすらと開いた。

「おお……悠護か」

「もう朝は過ぎてるよ。どうしたの？」

「昨日、一を呼ぶ時にちぃと力を使い過ぎてしもうたみてぇじゃわ……」

「えっ⁉　大丈夫⁉」

「ああ。休憩したけんだいぶ回復したで。心配かけてすまんの」

そう言うとチュンはゆっくりと起き上がった。

「本当に大丈夫なの？　無理したらダメだからね」

「わかっとるって。悠護は心配性じゃなぁ」

「そりゃ心配もするよ……」

人の姿をした、人ではない存在。

けれど悠護にとってチュンは既に大切な存在だ。

今の見た目のせいもあるが、妹ができたような感覚にさえなっている。

「…………」

「どうしたんなら？　儂《わし》はほんまにもう大丈夫じゃぞ」

「あ、ええと……。昨日まで連続でハザマの願いを叶《かな》えてきたけどさ、本当にチュンの願いを叶えることに繋《つな》がってるのかなって……」

「儂は悠護と一緒に山を歩けて満足じゃったで？　雀《すずめ》として生きとった時は、寝る時以外にほとんどあの山には近付いたことがねかったけんな」

「そうなんだ」

大変な思いをした甲斐《かい》があって、チュンは一応あれで満足をしたらしい。

でも、まだツバメやタヌキのように消えるわけではない。

（まだ足りない何かがあるってことなのか……？）

すぐに消えて欲しいわけではないが、かといっていつまでこの状態なのかも気になる。

悠護がここに滞在する期間は十日。

（あと一週間も残っていない……）

悠護の考えに気付いているのかいないのか、チュンはフッと小さく笑った。

「それに……人間のことについて、これまでよりもっとわかった気がするけん」

（また、だ……）

既に何回か見ている、切ない笑顔。

しかしそれがどういう意味を持つのか、悠護にはわからない。

「そういやずっと気になっとったんじゃけど、悠護のお母さんはこっちに来んのか？」

「ああ、うん。仕事だから」

「ふぅむ。そうか……」

仮に仕事が休みでも、田舎嫌いなあの母親は来ていなかっただろうけど。

しかし、さすがにそれを直接チュンに言うことはできなかった。

「会いたかった？」

「そう……じゃな。儂はお母さんにほとんど世話してもろうてねぇけど……。顔くれぇは見ておきたかったな」

窓の外を見るチュンの横顔は、また微《かす》かな切なさに覆われていたのだった。

顔を洗いに洗面所まで行くと、祖母が洗濯機から脱水したばかりの衣類を取り出しているところだった。

「おはよう。今日はよう寝たね」

「うん。昨日はたくさん歩いたから疲れてたみたい」

「起こそうと思ったけどやめといて良かったわ。それで悠護……杏美《あずみ》には連絡しとん？」

「いや……」

杏美というのは悠護の母親の名前だ。

こちらに着いてから一度も連絡はしていない。というより、しても意味がないと悠護は思っている。

「そう。一言でいいからしときぃな」

「…………」

祖母の言うことに、悠護は「うん」と返事をすることができなかった。

『くだらない』

自分の夢を無情にも切り捨てられたあの一言が、悠護の心の中に再度甦《よみがえ》ってきたから。

かなり遅めの朝食を取った後、部屋に戻った悠護はしばらくボーッとしていた。

本当は勉強をしなければならないが、祖母に言われたことが頭に引っ掛かり続けていたのだ。

進路を決めるうえで、母親との関係を改善しなければならないことは悠護にもわかっている。

だが、長年埋まらなかった溝をどう修復して良いのかわからないのだ。

それに自分が好きな動物をずっと否定され続けてきたことを、根に持っていないと言えば嘘《うそ》になる。

かといって、母親に何か言っても無駄なことも理解している。

あそこまで嫌う理由が何かあるはずだが、今までそれを聞いてもはぐらかされるばかりだった。

この件については、どういうわけだか父親も全然干渉をしない。

色々とあったらしく父親は婿養子なので、母親にあまり強く言えないのかもしれないけれど。とはいえ、何かしら手助けはして欲しい。

「はぁ……」

思わずため息を吐《つ》いて天を仰いでしまった。

別の進路も一応考えてはいるけれど、やはり気分は乗らない。

帰省してから死んでしまった動物たちと対峙《たいじ》してきた。

もちろん生きている動物を診るのが獣医なのだが、かといって気持ちが萎えたわけではない。

むしろ逆に、獣医になりたいという決意は益々《ますます》強固になるばかりだ。

「悠護ー！」

そんな陰鬱な悠護の気持ちを吹き飛ばしたのは、チュンの明るい声だった。

そういえば、部屋に戻ってから姿が見えなかった。

チュンはすいっと壁をすり抜けて、いきなり部屋の中に現れた。

「うわ。びっくりした⁉」

「驚け悠護。すげぇ人懐《ひとなつ》っこいのが来たで！」

「いや、既に驚いてるし……。って、人懐っこいの？」

悠護が疑問符を頭の上に浮かべたと同時に、またしても壁をすり抜けてとある動物が部屋に入ってきた。

「……柴犬《しばいぬ》？」

見た感じ生きているように見えるが、チュンと同じ登場方法だったのでこの柴犬もハザマなのだろう。

そもそも、他所《よそ》の家の二階に勝手に上がってくる犬なんて普通はいない。

緑色の首輪をした柴犬は、悠護を見つめながら短い尻尾を千切れんばかりに振っている。

チュンが人懐っこいと言ったのも納得の態度だった。

「この子もチュンに気付いて助けを求めてきた系？」

「そうじゃ！　ようわかったのう」

「さすがに三度目ともなるとね……」

「ふふふ。そろそろ儂、ここらではできるハザマとして有名になってきたかもしれんな？」

チュンは得意気に腰に手を当てる。

「ハザマの間に口コミはなさそうだけど……。そもそもハザマって、願いが叶ったら消滅してしまうじゃん」

「ぐぬ……た、確かに……。となると、やはり儂の気配につられてやって来たってわけか」

「気配ね……」

そこで悠護の頭にある疑問が浮かぶ。

「そういえばさ。チュンがハザマになったのって結構前だよね？　その間もツバメやタヌキみたいに、チュンの強い気配に気付いて接触してきたハザマはいなかったの？」

「いや、全然おらんかった」

「そうなんだ。どうしてだろう？」

「たぶん……儂のハザマとしての力が強くなったのは、悠護と再会してからじゃと思うんよな。あと外に出てねかったし」

「ふぅむ……」

これまで出会った二体のハザマとチュンとは、やはり何かが違うと悠護は感じる。

そのトリガーとなっているのは悠護とのことだが、それがどういう意味を持つのかまではわからない。

物思いに耽《ふけ》りかけた悠護だが、寸前でハッと我に返る。

柴犬の存在を思い出したからだ。

「それで、この柴犬は何て？」

「こやつの飼い主がおかしくなったから助けてほしい、と言っておる」

「おかしくなった……？」

あまり穏やかではない表現に、思わず眉間に皺《しわ》を寄せてしまう悠護。

しばし柴犬の顔を見つめるが、伝えてきた深刻そうな内容とは裏腹に能天気そうに舌を出して呼吸を繰り返すばかりだ。

「首輪をしているけれど、どこの犬だろう？」

「それは儂にはまだ伝えてきとらんな。まぁ儂の気配に気付いて近寄ってきたくらいじゃけん、そこまで遠い家の犬じゃねえと思うわ」

「そうなんだ。ちなみにその飼い主さんってどういう人？」

「柴犬が死んだ時には、もうお爺《じい》さんじゃったらしいで」

「それは――」

柴犬の説明と、その情報だけですぐ浮かんでくる予想。

「認知症になってしまったとか……？」

「そうかもしれんのう……」

犬や猫も年齢を重ねると認知症になってしまうことがあるらしいが、それをこの柴犬が理解できるかというと、おそらく無理だろう。

「もしそうだった場合、俺たちにできることってあるのかな」

「さすがに儂でも治すのは無理じゃな……」

あらゆる生き物が老いからは逃れられない。

そして脳の機能を復活させることなど、いくらハザマでもできることではないらしい。

柴犬を見ると相変わらずパタパタと尻尾を振っている。

真《ま》っすぐにチュンを見つめるつぶらな瞳には、期待と希望が宿っているように見えて悠《ゆう》護《ご》は胸が痛くなった。

「なぁ悠護。儂《わし》のわがままだとわかっとるんじゃけど、それでも――」

「柴犬の力になってあげたいんだね？」

「あぁ、すまんな……。やっぱり、同じハザマとして見過ごすのは心が痛い。もし儂が特別じゃない普通のハザマじゃったら――。同じように、近くにいる力の強いハザマに助けを求めると思うんじゃ」

「謝らなくていいよ。ただ俺としては、これまでと同じように解決できなかった場合のことが心配でさ……。その場合、柴犬はどうなるんだろうって」

「そうじゃな。飼い主の『おかしくなった』状態が解消されたら成仏《じょうぶつ》するじゃろうが……。そうならなかった場合は、飼い主の寿命が尽きるまでは確実にハザマとして生きると思うわ。ただ飼い主の死後、柴犬がどうなるかまではわからん。最悪……ハザマから妖怪になってしもうてもおかしくない」

「妖怪……」

なかなかに心が苦しい未来だ。

とはいえ、確かにチュンは最初に悠護に言った。

ハザマとは霊と妖怪の中間に位置する存在だと。

そうなってしまう前に、やはり何とかしてあげたいと悠護も思う。

「とにかく。まずは今まで通り、その飼い主さんを確認しに行くところから始めようか」

どうにもマイナスのイメージだけが膨らんでくるが、今のところ飼い主の情報は柴犬から聞いて予想しただけだ。

もしかしたら『おかしくなった』というのは、悠護たちが考えているのと全然違う状態もありえる。

「うむ。それでは早速——」

ピンポーンとインターホンが鳴ったのはそのタイミングだった。

なんとなく既視感を感じる二人。

階下から「おやまあ！」という祖母の驚く声が聞こえた後。

「悠護！　えりなちゃんが来てくれたで！」

と大きな声で呼ばれてしまった。

「あのっ、そんな。わ、わざわざ呼ばなくても大丈夫ですっ」

えりなの慌てた声も聞こえる。

チュンと悠護は顔を見合わせ、二階から下りて早速玄関へ向かった。

「悠護。星島《ほしじま》さんのところが桃を分けてくれたで！」

着くなり祖母が嬉《うれ》しそうに笑う。

玄関前の廊下に桃が入った箱が置いてあった。

ほのかに甘くて良い香りが漂ってくる。

「わ。美味《おい》しそう」

と素直に言った直後、思わず悠護は固まってしまった。

いつの間に付いてきたのか、柴犬がふんふんと鼻を鳴らして桃の匂いを嗅いでいたからだ。

「これは確かに美味しそうな桃じゃのう！　でも食べたらおえんで柴犬。ばあちゃんがビックリするけんな」

チュンがやんわりと注意をすると、柴犬は「くぅん」と悲しそうに一声鳴いてからお座りをした。

（良い子だな……）

生前にきちんと躾《しつけ》をされていたのだろう。

「本当にありがとうね。ご家族にもよろしく言っといてね」

「いえ、親戚から貰《もら》ったんですけど量が多くて……。気にしないでくだ……さい……」

えりなは自分に視線を合わさず固まっている悠護の様子に気付いたのか、語尾が次第に小さくなる。

「あ、あの……。悠護君が良かったらだけど、この後うちに来ない？　お母さんがまた会いたがってて」

「へっ？」

「あらあらあら。せっかくだから行っておいでぇな悠護」

にまりと笑みを浮かべた祖母にバシバシと背中を叩《たた》かれる。

何か勘違いをされている気がするが、良《い》い言い訳も浮かんでこない。

悠護は流されるまま、そのまま外に行くことになったのだった。


家を出て坂道を下る直前、えりながピタリと足を止めた。

「もしかしなくても悠護君、また何か見えてたでしょ？」

「う、うん……」

えりなの鋭い指摘にたじろいでしまう悠護。

二回目なので自分の無防備さに少し落ち込む。

「やっぱり……。何か気になったんだよね。でもお祖母《ばあ》さんの前では聞けないからさ」

「この女子《おなご》、相変わらず察しが良いのう」

ただえりなの場合、何かの気配に気付いているわけではない。悠護のことが気になりすぎて、些細《ささい》な変化にも敏感に気付いてしまうだけだ。

この場でそれがわかっているのは、本人も含めて誰もいないのだけれど。

「あの、えりなちゃん。この後なんだけど——」

「ああ。別にうちには来なくていいから。あの場から連れ出すために言っただけだし。悠護君の様子が気になったから確認したかったんだよね。でもこれでスッキリした」

「そうだったんだ……」

「ま、まぁ……お母さんが会いたがってるっていうのは嘘《うそ》ではないし？　別に私も迷惑ってわけじゃないから、うちに来ても全然構わないんだけど!?」

「何でちょっとキレ気味なんじゃ……」

チュンのツッコミにえりなが反応するわけもなく。

悠護は一呼吸置いてから柴犬《しばいぬ》の方を見た。

「ごめん。またハザマがチュンの許《もと》にやって来たから、手助けしてあげたいんだ」

「そ、そう……」

明らかに残念そうな顔をするえりな。さすがに悠護も罪悪感が湧く。

前にえりなが言っていた『約束』を未《いま》だに悠護は思い出すことができない。

断片的に記憶は甦《よみがえ》っているけれど、どれもが共に遊んでいる光景でしかなく『約束』に繋《つな》がるような手掛かりもない。

五歳かそれ以前の記憶をまだ忘れていない、えりなの方がかなり特殊な気もするけれど。

とはいえ、まだ怒っているらしいのでよっぽど大切な約束だったのだろう。

それを忘れている自分がとても悪い人間な気がして、悠護は本当に申し訳なくなる。

「それで、今度は何の動物？」

「柴犬だよ」

その瞬間。

えりなはまるでバッタのように、ピョンと後方に大きく飛《と》び退《の》いた。

「――――え？」

「い、いっ、犬って言った⁉」

「うん。柴犬……」

さらに後方に大きく一歩。

突然のえりなの大きな反応に、チュンも悠護も目を点にすることしかできない。

ふざけているのか真剣なのか判別ができなかった。

「どっ、どこにおるん犬⁉　そこ⁉　ここ⁉」

「今は俺の足元……」

「す、ストップ！　それ以上近付かんで！」

「えっと……。見えてないんだよね……？」

「見えとらん。何も見えとらんけどそんなん聞いたら無理っ！」

手を突き出してひたすら拒否の意思を示すえりな。

動揺してずっと方言が出てしまっている。

「この怯《おび》え方。もしかしてこの女子……」

「犬、苦手なの？」

「そ、そうよ！　だって怖いんじゃもん！」

絶叫するえりなの姿を見て、悠護は「あ――」と思い出した。

子供の頃、悠護がえりなの家に遊びに行くばかりで、逆にえりなが祖母の家に来なかった理由。

この坂道の途中にある家が当時犬を飼っていて、通る人全てに大きな声で吠《ほ》えていた。

その犬のことがえりなはとても苦手で、この道を通りたくない、と半泣きになりながら拒否したからだった。

その犬も確か、柴犬だった。

ちなみに悠護も通る度に吠えられていたが、えりなのように苦手だと思ったことはない。むしろ尻尾を振りながらこちらに寄って来てくれるし、撫《な》でて欲しそうな目で見上げてくるその人懐《ひとなつ》こさが好きだった。

帰省してから何か物足りないと微《かす》かに思っていたのだが、あの犬の存在だったのかと納得する。

既にその犬はいないみたいだが、えりなの犬嫌いは変わっていないらしい。

とはいえ幽霊になった見えない犬まで苦手なのは、かなりの筋金入りの犬嫌いな気がするけれど。

「どうしてそこまで苦手なの？」

「その……昔撫でようとして噛《か》まれたことがあって……。怪我《けが》は大したことなかったんだけど、あの時は本当に怖かったしショックで……。あと大きな声も、頭の中まで響いてくる感じがして苦手……」

「そうだったんだ。まぁ、苦手なら無理しなくても良いと思うよ」

「う、うん……」

「仮にこの柴犬のハザマに噛まれたとしても、何も感じないと思うんじゃけどな……」

やや呆《あき》れ気味に呟《つぶや》くチュンの声も、当然ながらえりなには届かないのだった。

「それでチュン。この柴犬の家ってどこなの？」

「案内するように言ってみるわ」

柴犬の前にしゃがみ込み、しばし見つめ合う両者。

（ツバメの時と違って鳴き声でやり取りしないのは、鳥類ではないからかな……）

悠護《ゆうご》がぼんやりとそんなことを考えた直後、チュンはすくっと立ち上がった。

「今から連れてってくれるらしいわ」

「よし。じゃあ行こう」

チラリとえりなの方を見る。

今回は山の中ではないし、えりなに同行してもらう理由がない。

犬が苦手なら無理をせず帰ってもらう方が良いだろう。

えりなも悠護の言いたいことを察したのか、怯えて丸めていた姿勢を無言のまま正した。

柴犬が軽快に坂道を下り始める。

その後を追いながら悠護はえりなと並んで歩く。

民家に入る脇道を除けば坂道を下るまで一本道なので、途中までは強制的に一緒に行くことになるのだ。

間もなく、昔悠護とえりなが犬に吠えられた家の前まで来た。

石垣の上にコンクリート製のブロック塀があり、葉型に穴が空けられている。その穴の中から犬がこちらを見ていたのを思い出した。

穴から中の様子をそっと見ると、庭に置いてあった犬小屋はかなり色褪《いろあ》せてはいるがまだ残っていた。

ただ、肝心の犬の姿が見えない。

「やっぱりここの犬、もういないのかな」

「お母さんから聞いたけど、五年くらい前から室内で飼ってたみたいだよ。ただ、ここのお爺《じい》さんが散歩に出ている姿を見かけなくなったのが二年くらい前だったかな。私が気付いたのがそれくらいだから、もう少し前かもしれないけど……」

「そうか。さすがに寿命を迎えたのかもな……」

十二年前にあの犬が何歳だったのかは不明だが、悠護が覚えているのは成犬の姿だけなので、当時からそこまで若くはなかったのかもしれない。

「悠護、置いていかれるぞ」

「あぁ、ごめん」

チュンに促され、慌てて歩き出す悠護。

しかし「ん？」とすぐに眉を寄せることになってしまった。

先を行く柴犬がくいっと曲がったのだ。

まだ坂道の途中だ。

曲がるということは、民家の中に入ったということ。

そしてその民家は、たった今悠護とえりながブロック塀の穴から覗《のぞ》いていたこの家で。

「もしかしなくても、あの柴犬……」

思わず呆然《ぼうぜん》としてしまう悠護。

「悠護、この家じゃって！　もっと離れとるかと思ったのに、三十秒で着く距離じゃったな！」

そんな彼の様子に気付かず、チュンは笑顔で手を振る。

悠護の異変を敏感に察したのはえりなだ。

「あの、悠護君……。もしかしてさっき言ってた、柴犬の幽霊って……」

ギギ……と錆《さ》びた歯車のように、悠護はゆっくりとえりなに振り返る。

「うん……。どうやら、この家の犬だったみたい……」

「…………」

自分たちが知っている存在だったことに、二人は堪《たま》らず言葉を失ってしまうのだった。

柴犬の家には立派な門構えがある。

その前で、悠護とえりなはしばし立ち尽くしていた。

えりなも家に帰らず流れのままに付いてきていたのだ。帰るタイミングを見失ったとも言える。

とはいえ、少しでも悠護と一緒にいたいえりなからしてみれば特に問題ないことだった。

犬の霊が近くにいるらしいが、口に出さないでいてくれたらまだ何とか耐えられる。

肝心の悠護は、そのことに全然気付いていないのだが。

悠護は控えめに門の向こう側を覗く。

格子《こうし》状になっていて中の様子は少し見えるが、用もないのに中に入っていく勇気はさすがにない。

今はチュンが柴犬に連れられ、家の中の様子を見に行っている最中だ。

『蓬郷《とまごう》』と書かれた表札を難しい顔で見つめる悠護。

この苗字《みょうじ》は初見で読めず、えりなに教えてもらって初めて読み方を知った。

柴犬のことは覚えていたけれど、子供の頃はこの家の人と会った記憶はない。だから名前まで知らなかったのだ。

「おかしくなった、か……」

一通り事情を聞いたえりなが、難しい顔でポツリと洩《も》らす。

「そういう話は聞いたことないなあ。確かに散歩させてる姿は見なくなってたけど、そもそも犬が死んだって話は聞いてないし……。この辺じゃご近所さんのことがすぐに広まるの、悠護君も知ってるでしょ？」

「そうだね……」

先日えりなから聞いたが、悠護が帰省していることはこの近辺の家の人には既に広まっているらしい。

田舎特有の情報網には、正直悠護も驚くしかない。

この辺りでは人の口の方が、ネット回線より速いのではと思ってしまうくらいだ。

「でも、本当にここの犬の幽霊だったんだよね？」

「間違いなく、もうあの犬は生きていないと断言できるよ。だって壁をすり抜けて部屋まで来たから」

「何それ。こわ……」

えりなが引いてしまうのも無理はない。

チュンを間近で見ている悠護も、あの時は驚いてしまったくらいだ。

「死んでしまったのは最近ってことなのかな」

「どうなんだろう……」

改めて悠護は門の向こうを見やる。

チュン達はまだ帰ってこない。

「そういえばさ、悠護君は幼稚園の時に芋掘りをやったの覚えてる？」

「えっ？」

えりなの唐突な質問に咄嗟《とっさ》に脳が付いていかない。

悠護は幼い頃の記憶を何とか掘り起こす。

「ええと……。幼稚園の近くに畑があって、そこまで移動して掘りに行ったやつ？」

今この瞬間まで忘れていたが、えりなに言われてぼんやりと思い出した。

大きな芋を掘り当てた他の子が羨ましくてはりきってみたものの、そこそこの大きさの芋しか出てこなくてちょっと悔しかった記憶が甦《よみがえ》ってきた。

「うん。あそこの畑を提供してたのが、ここの蓬郷さんらしいよ」

「え、そうだったんだ⁉」

「私も家族から聞いたのが中学生くらいの時だったから、ちょっと驚いたな。全然知らなかったもん」

「俺もだよ……」

柴犬《しばいぬ》のことを悠護が一方的に知っているだけだと思っていた。

まさか密《ひそ》かに蓬郷と繋《つな》がりがあったとは。

ただ、どういう人だったのか悠護はまったく覚えていない。

そのタイミングでチュンと柴犬が外に出てきた。

相変わらずチュンは外ではふわふわと浮きながら移動しているのだが、その移動速度が心なしか遅い。加えて表情も沈んでいるように見える。

「おかえり。どうしたの？」

「悠護……。柴犬の言ってたことは本当じゃった。おかしく……なっとった……」

「それは、どういう……？」

「あの飼い主は、柴犬の死を認識できてねえみてぇじゃ……」

「え――」

チュンの報告に、悠護は思わず言葉を失ってしまうのだった。

一度蓬郷の家から離れた悠護たちは、祖母の家の裏山まで移動していた。

人目を避けるためと日陰を求めてのことだ。

「……つまり柴犬本人ではないのに、まるで生きているかのように話しかけていると。その……犬の、ぬいぐるみに……」

チュンから家の中で見たことの詳細を聞いた悠護は、知らず険しい顔になっていた。

「ああ」

「死を認識できていない、か……」

ぬいぐるみを本物の柴犬だと思い込んでいる――。

話を聞いただけで胸が痛い。

えりなも同じ気持ちなのか、視線が下に向いたままだ。

悠護は足元にちょこんと座っている柴犬を見る。

今はその尻尾も動いておらず、まるで石像のようだった。

「あ――そういえば。この子の名前ずっと知らないままだ。何て呼んでた？」

「おお、そうじゃった。爺さんは『きなこ』と呼んどったで」

「確かに色が似てる……」

和風の可愛《かわい》らしい名前でほっこりしてしまう。

名前を呼ばれたからか、きなこが「わふっ」と小さく鳴いた。

悠護《ゆうご》は横目でチラリとえりなを見るが、怖がる様子はない。

やはりえりなにはきなこの声は聞こえていないみたいだ。

「きなこが言うには、十八年で死んだみてぇじゃな」

「凄《すご》いな。結構な大往生だったんだね」

犬種にもよるが、十五年生きたら長生きな方だという。

「いや、ちょっと待って……。きなこの死を認識できていないってことは……もしかして死骸はそのままだったの？」

ふと悠護の脳裏に怖い想像が過《よぎ》った。

悠護の疑問を受け、チュンはきなこの正面にしゃがむ。

きなこは説明をしているのか、ゆっくりと尻尾を振りつつチュンを見つめている。

「いや……。きなこの死骸は火葬場で焼かれ、骨は家の裏に埋められたときなこは言っておる」

「良かった。ちゃんと埋葬されたんだ。他の家族や親戚がやったのかな」

「それなんじゃが……。爺さんはずっと一人暮らしじゃし、きなこを埋めたのも爺さん本人らしい」

「えっ⁉　どういうこと⁉　自分で埋めたなら死を認識しているってことじゃないの⁉」

チュンも首を横に振る。

「わからん……。ただ確かに爺《じい》さんは、まるできなこ本人かのように話しかけとったのは確かじゃ」

「…………」

悠護はしばし考え込む。

「自分で骨を埋めたのに、ぬいぐるみをきなこだと思って接している……。死んだことを認めたくないのか、それとも他に何か理由が——？」

悠護はしばし考え込むが、考えたところで何かがわかるはずもなかった。

何もわからない故に、解決するための案すら浮かばない。

「今回ばかりはさすがにお手上げかもしれない……」

ポツリと弱音が洩れてしまう。

そんな悠護の横顔をえりながジッと見つめていた。

「…………」

「ん……。どうしたの？」

「私は……蓬郷さんに直接会ってみるべきだと思う」

「えっ⁉」

「だって今のところ、悠護君もチュンちゃんと柴犬……きなこちゃんの幽霊の話を聞いただけでしょ？　動物の認識と私たち人間の認識、違うかもしれないじゃん」

「確かにそうだけど……。でも俺と無関係の家にいきなり突撃するのは、さすがに――」

「無関係じゃないよ。悠護君は生きてる時のきなこちゃんと触れ合ってた。それにさっきも言ったけど、幼稚園の頃にちょっとだけ繋がりあったじゃん」

「繋がりと呼ぶには薄すぎる気もするけど……」

「うっ――。で、でも私と違って、きなこちゃんとのことは嘘《うそ》じゃないでしょ。それに私はきなこちゃんとの思い出こそないけど、蓬郷さんとはご近所さんなわけだし。もし本当に蓬郷さんの様子がおかしくなっているんだったら、自治会の人に相談した方が良《い》いと思うんだよね。蓬郷さん、一人暮らしだしさ」

「なるほど……」

『ご近所さんが心配だから見に行く』という発想は悠護にはなかった。

こういう田舎特有の気遣いが、都会では『干渉されたくない』とマイナス面に捉えられることもある。

だけど根底にあるのは優しさだ。一概に否定できることではないのだよな――と気付かされる。

母親は田舎のこういう部分が嫌だったのだろうか？

しかしそれだけでは、あの激しい自然や動物嫌いの理由と結びつかない。

蟬《せみ》の声が絶えず聞こえてくる山の中で悠護は思わず天を仰ぐ。

考えないといけないことが多い。

けれどそんな悠護の心情とは関係なく、木々の隙間から僅かに見える空は今日も爽やかな水色だ。

「悠護君、大丈夫？」

「え、何？」

「いや、ボーッとしてたから。昨日は山を歩き回ったし、疲れてるのかなって」

「ごめん、大丈夫だよ。ぐっすり寝たからすっかり体力は回復してる」

「それならいいけど……。とにかく、私は一度蓬郷《とまごう》さんの様子を見に行ってみる」

「そういうことならわかった。俺も一緒に行くよ。えりなちゃんは優しいね」

「へっ⁉」

突然悠護に褒められたえりなは、硬直した後みるみるうちに顔を赤くしていく。

「な、何が？」

「俺のこと気遣ってくれるし、ご近所さんだからという理由だけで蓬郷さんのこと気にかけてるし」

「べ、別に……。そんなこと普通じゃん……」

「その『普通』が俺には難しい発想なんだよ。だから凄いなって」

「ううぅ……」

えりなの赤い顔がさらに濃度を増していく。

悠護の嫌みのない優しい笑顔は、彼が心からそう思っていることを物語っていた。

だからこそ余計えりなの心に刺さったのだろう。

「そ、そんなふうに言ってくれると、私……」

「ん……？」

「なっ、何でもない！　とにかく！　そうと決まればさっさと行こう！」

声をひっくり返して言うや否《いな》や、えりなは本当にさっさと行ってしまった。

「え。待って⁉　チュン、今からもう一度家に行くって！」

足早に斜面を下りていくえりなの後を慌てて追いかける悠護。

チュンもきなこと一緒に移動を開始する。

「さすがに今のは儂《わし》でも勘付いたぞ……。やっぱ悠護ってちと鈍いところあるよなぁ。こういうの『天然たらし』って言うんじゃっけ？」

チュンに同意を求められたきなこは「わふっ」と一声鳴くが、理解しているのかいないのかは誰にもわからないのだった。

再び蓬郷の家の門まで来た悠護たち。先ほどと違うのは、こっそりと中を覗《のぞ》き見る姿勢ではなく堂々と立っているということ。

一行の先頭に立つのはえりなだ。

もっともチュンときなこの姿が見えないえりなからしてみれば、悠護と二人だけという認識だろうけど。

やはり近所に住んでいる彼女の方が、最初に話す相手として不審がられないだろう、という理由からだ。

「じゃあ、行くね……」

緊張からかインターホンを押すえりなの指は微《かす》かに震えていた。

いくらご近所さんとはいえ、親しい間柄でもないのだから無理もないだろう。

とはいえ、もう引き返せない。

しばしの沈黙。

なかなかインターホンから声が返ってこない。

自分の家なのだが、きなこもおとなしくチュンの隣で待っている。

「聞こえとらんのかの……」

チュンが呟《つぶや》き、いよいよ全員の心に不安が漂い始めた、その時。

玄関の引き戸が静かに開き、一人の老夫が姿を現した。

まさかいきなり家から出てくるとは悠護もえりなも思っていなかった。

（あれが、蓬郷さん……）

もしかしたら昔会っていた可能性もあるので、姿を見たら何かを思い出すかもしれない
――と微かに悠護は考えていたのだが、それは呆気《あっけ》なく霧散した。

顔も雰囲気も、悠護の記憶にまったく引っ掛からない。

「おや？　見慣れん顔じゃね」

そう言うと蓬郷はサンダルのかかとを引きずりながら、悠護たちの待つ門の方へゆっくりと歩いてくる。

「インターホンの意味……」

「あ、あはは……。ここらのお年寄りは声を聞く前に直接顔を出す傾向があるから……。家を訪ねてくる人って、大体が顔見知りだし……」

思わず小声で呟いた悠護に、えりなが苦笑しながら補足する。

年齢は七十代だろうか。

綺麗《きれい》な白髪に、柔和な面立ち。

背は悠護と同じくらいで背筋も伸びているので、年齢の割にはずっと大きく見える。

「こんにちは。突然すみません。私、下の家の星島《ほしじま》です」

「おお、星島さんちのお孫さんか。そんで、そっちのお兄ちゃんは?」

「空木《そらき》です。坂の上の家の……。今だけこっちに帰省してます」

「あぁ、空木さんちの!」

家の場所を言っただけで理解してくれるあたり、蓬郷もしっかりこの近所の一員だということを実感する。

「そげぇな若い二人が、今日はどしたんなら?」

悠護とえりなは一瞬だけ顔を見合わせる。

しっかりとした受け答えだ。

チュンやきなこが言っていた「おかしくなった」というのは、今のところまったく感じられない。

「ええと……。俺、子供の頃ここのワンちゃんが好きだったんですけど、今は庭にいないみたいだからどうしてるのか話を聞きたくて……。す、すみません。そんな理由でいきなり訪ねたりして」

悠護《ゆうご》が正直に告げた瞬間、蓬郷の顔がパッと明るくなった。

「おお、おお。そうじゃったんか！　儂は全然構わんで。どうせ暇しとったしな！」

想定以上に好意的な反応で安堵《あんど》する。

不審だからと追い返される可能性もあったが、その心配はしなくて良さそうだ。

「犬な、もう年寄りじゃけん今はうちの中で飼っとるんよ。せっかく会いに来てくれたんじゃけ、うちに上がってけぇ！」

『うちの中で飼っとる』と言った瞬間、きなこが複雑そうに眉間に皺《しわ》を寄せた。

蓬郷は満面の笑みで門を開け、悠護とえりなを迎え入れる。

「あ、ありがとうございます」

いよいよここからだ――。

緊張からか、暑さとは違う汗が滲《にじ》み出《で》る。

二人は蓬郷の後ろに付いて行き、チュンときなこもそれに続いた。

門から玄関に続く道には飛び石が埋められている。

とはいえ、蓬郷はそれを無視して横を歩いていた。躓《つまず》かないようにするためかもしれない。

半開きにしたままだった玄関の引き戸を蓬郷は全開にする。

他所《よそ》の家の匂いがする、と真っ先に思った。

少しだけ湿気《しけ》たような、でも不快ではない不思議な匂い。

小さな旅館かと見紛《みまが》うほどの広い玄関がそこには広がっていた。

運動靴と長靴が端の方に雑に置かれており、壁際《かべぎわ》のフックには靴べらがぶら下がっている。

この広い玄関に一人分の靴しかないので、余っている空間が嫌でも寂しさを伝えてくる。

ここら一帯の家はどこも広い。

悠護もここから引っ越した後、マンションよりも広い祖母の家の方が良かったと事あるごとに思っていた。

けれど一人だけになった時のことを考えると、あまり広すぎるのも問題なのかもしれない。

「どうぞ」

「お邪魔します……」

緊張しながら靴を脱いだ二人はおそるおそる家に上がる。

正面に廊下が続いており、左右には襖《ふすま》。

意外、と言っては失礼かもしれないが、廊下には目立った埃《ほこり》もなくきちんと掃除はされているようだ。

「右の部屋は寝室として使っとるみてぇじゃ。居間は左じゃ」

チュンが小声で呟き、悠護の隣に並んだ。

つまり、この先に——。

覚悟を決めた悠護へ蓬郷が笑顔で振り返る。

「きなこはこっちの部屋におるんよ。昔と違ってだいぶおとなしくなっとるから驚かんでな」

そう言うと蓬郷は、チュンの説明通り居間のある左の襖を開けた。

六畳と八畳の和室の間にある襖は全開になっており、広い一間になっている。

八畳の部屋の方に立派なローテーブルが置かれていて座布団《ざぶとん》もあった。

えりなの家の客間と似た雰囲気だ。

蓬郷はここを生活の拠点として使っているらしく、テレビやタンスなどの家具が置かれているのに加え、端の方には畳まれていない洗濯物も小さな山になっていた。

悠護とえりなはとある物を同時に見つけて固まってしまう。

「茶淹《い》れてくるけん、適当に座って待っといてな」

「あ、はい……」

悠護たちの変化に気付くことなく、蓬郷《とまごう》は台所に向かう。

残された悠護たちは座布団の上の『それ』に釘付《くぎづ》けになっていた。

「………」

掌《てのひら》に乗るくらいの、小さな柴犬《しばいぬ》のぬいぐるみ。

首輪に見立てた緑色の紐《ひも》が蝶々《ちょうちょ》結びで付けられていた。

雰囲気的に市販の物ではない気がする。誰かの手作りだろうか。

どちらにしても、一人暮らしの老父の持ち物としては違和感を覚えてしまう。

「この、ぬいぐるみが……」

「ああ。爺《じい》さんはこのぬいぐるみをきなこだと思って、話しかけとったんじゃ」

本物のきなこより数倍小さい。

だが確かに、どことなくきなこと似ている——気がする。

「ひとまず、座って待とうか悠護君……」

「うん……」

えりなに促され、悠護はぬいぐるみの向かい側に座る。

続けてチュンときなこも悠護の横にちょこんと座った。

テーブルの上には蓋付きの木製のお菓子入れが置いてある。

悠護の祖母の家にも似たような物があり中には飴《あめ》や寒天ゼリーがいつも満杯に入っているのだが、そういえば祖母が補充しているところを見たことがないな、とふと思った。

視線をぐるっと一周させるが、見える範囲では生活が破綻しているような『おかしさ』はない。

それだけに目の前の座布団に鎮座するぬいぐるみだけが、異様な存在感を放っている。

ふと、悠護は気になった。

「えりなちゃん、犬のぬいぐるみは平気なんだ？」

「なっ――⁉　さすがにそこまでじゃないし⁉　私を何だと思ってんの⁉」

「いや、犬の霊は苦手みたいだからさ。見えないのに……」

「全然違うじゃない。霊とぬいぐるみだよ⁉」

「確かに普通は同列に並べるものではない気がする……」

というか、そもそも比べること自体がおかしい。

でもえりなだから、もしかしたら犬のぬいぐるみまで苦手かもしれない――と考えてしまった悠護なのだが、これ以上口に出すのはやめた。

また怒られそうだからだ。

「ちなみに、今きなこちゃんはどこにいるの？」

「俺の隣にチュンがいて、さらにその隣」

「こっちに近付かないように言ってくれる……？」

「たぶん大丈夫だと思う。このやり取りも見てるし」

「そ、そう……」

若干えりなの顔が青い気がする。

本当に苦手みたいだ。

ただきなこも勘付いているのか、必要以上にえりなに近付こうとはしない。

（おとなしくて良い子なんだけどな……）

とはいえ、苦手なものはどうしようもないので無理強いをするつもりはなかった。

そんなやり取りをして間もなく、蓬郷がお盆に湯飲みを載せてやって来た。

「中は冷たい麦茶じゃけぇ」

「ありがとうございます」

お茶を置いた後、蓬郷はぬいぐるみの隣に座った。

「お客さんだとわかっとるんかな。さっきから全然吠《ほ》えんわ」

ごく、自然に。

まるで普段から吠えるのが当たり前かのように。

蓬郷はぬいぐるみを見ながら朗らかに笑った。

「お兄ちゃんたちが小せぇ頃は、よう吠えとったろ？」

「あ、はい。坂道を通る度に元気に吠えて、こっちに近寄ってきてくれて……」

「うるさくてすまんかったのう。家には儂《わし》しかおらんし、子供が構ってくれるのが嬉《うれ》しくて仕方なかったんじゃと思うわ」

「いえ。俺も嬉しかったので」

きなこが相槌《あいづち》を打つように「わんっ」と元気に吠える。

しかしそのきなこの声は、蓬郷には届かない。

「そん時と比べたら、すっかりおとなしくなってしもうて。もうだいぶ年寄りじゃけんなぁ」

蓬郷はそう言いながら、ぬいぐるみの頭を優しく撫《な》でた。

きなこが切ない目でその光景を見ている。

「儂の女房《にょうぼう》が死んでから飼い始めたもんなぁ。この前十九歳になったばかりじゃ。人間の年齢に換算すると、もう儂より年上かもしれんのう」

「そう……なんですね……」

ずっと一人暮らしだと思っていたが、妻がいたらしい。

今の話を聞くと随分前に亡《な》くなってしまったみたいだ。

祖母と重なる部分があり、さらに悠護の胸が痛くなる。

「きなこが生きた年数は、十八年だと言っとったのに……」

チュンが声を絞り出すように呟《つぶや》いた。

それよりも年齢が進んでしまっている。

蓬郷の中で、本当にこのぬいぐるみがきなこになってしまっている証左だ。

「若い頃は本当に元気でな。散歩に行ったら毎回『もっと歩きたい』って延長を主張するんじゃ。そんでも儂の方が体力持たんけん、機嫌を取るのが大変じゃったわ」

昔の話をする蓬郷は本当に楽しそうで。

妻が亡くなってしまった心の消失を、きなこに大きな愛情を注ぐことで紛らわせてきたのかもしれない。

「でも人間も犬も、寄る年波には勝てんわな」

そして『今』のきなこに向ける優しい眼差《まなざ》しも、偽りのないものだとわかる。

何が蓬郷の認識をここまで歪《ゆが》めているのだろう。

やはり加齢によるものだろうか。

専門医ではないので、こうして直接話してみても原因はわかりそうにない。

ただ、一つだけ確かなこと。

今この場できなこが既に死んでいるという真実を告げても、きっと蓬郷は信じない。

むしろ大きな混乱をもたらすだけで、何の解決にもならないだろう。

全員がそう確信してしまうほど、蓬郷がぬいぐるみに向ける優しい笑顔はあまりにも真っすぐで純粋で。

きなこが言った通り、どこか『おかしさ』を感じるのだった。

「お邪魔しました」

「ああ。またいつでも会いにおいで。きなこも喜ぶけん」

笑顔で見送られた悠護《ゆうご》たちは、しばらくの間無言だった。

本当に、今回はどうしようもないという無力感に包まれていた。

きなこの死を受け入れていない蓬郷に真実を突き付けると、心が本当に壊れてしまわないか？　という懸念《けねん》がどうしても湧いてきてしまうのだ。

そもそも既に半分、壊れかけている気もする。

「悠護君……」

えりなが困惑気味に呼ぶ。

彼女としても蓬郷のあの状態をどう判断すればいいのかわからないのだろう。

見た限り、生活は普通に送れている印象だった。

家の中もまったく荒れておらず、むしろ綺麗《きれい》な方だ。悠護のマンションの自室の方がよっぽど散らかっている。

「認識がおかしいのは、きなこちゃんに関することだけに見えた。これで大人の誰かに相談することが本当に蓬郷さんのためになるのか……私迷ってる」

「えりなちゃん……」

悠護も概《おおむ》ね同じ考えだ。

むしろ、このまま誰にも触れさせない方が――。

「――――っ⁉」

突然チュンが何かに気付き、その場から猛スピードで離れる。

「え。どうしたチュン⁉」

慌てて後を追う悠護ときなこ。

「悠護君⁉」

えりなもわけがわからないまま悠護を追いかける。

チュンが向かうのは坂道の上。

悠護の祖母の家の方だ。

しかしチュンは家には入らず、そのまま山を上がっていく。

この先にあるのは、空木《そらき》家も含めたこの辺り一帯の人の墓だ。

石を埋めただけの階段を駆け上がると、ようやくチュンの後ろ姿に追いついた。

初日に墓参りをした時と空気が違う気がするのは、単に時間帯が違うからだけだろうか。

チュンはとある墓の前で立ち止まっている。

息を切らしながらチュンの横に立つ悠護。

一見しておかしいところは何もない。

だが、チュンはとある一点に視線を注ぎ続けている。

「もしかして……誰かいる？」

悠護が問うと、チュンはこくりと頷《うなず》いた。

「ああ。中年の女性がおるんじゃが――」

きなこもチュンが見ている方に向かって、勢い良く吠えだした。

改めて悠護も見るが、やはり何も見えない。

眉をひそめて険しい顔になっている悠護に気付いたのか、チュンはそこでふわりと浮くと悠護の肩に乗った。

そして一《いち》を捜索した時と同じように、指で輪を作り悠護の前に持っていく。

その瞬間。

いきなり悠護の目の前に、人の形をした白い靄《もや》が現れた。

心臓がキュッと縮んだような感覚。

ハッキリと見えるハザマとは違い、やはり人の霊の見え方は少しだけ怖い。

既に生きていない、ということが一目でわかるからだろうか。

チュンの言った通り女性だった。

ただ年齢は不明だ。四十代くらいにも見えるし、もっと若くも見える。

女性はこちらを見てひたすら驚いた顔をしており、二の句が継げないといった様子だ。

存在を認識されたことが、彼女にとって想定外だったのだろう。

「さっき、あの家の前にいた儂らに強い念を送っとったよな？　あんた……あの家の爺《じい》さんの家族か？」

淡々と問うチュンに、中年女性はまたしても目を丸くする。

「ええ。あの人の妻だけど……」

妻、と断言されて悠護は多少驚いた。

蓬郷《とまごう》の娘だと言われても納得できてしまうほど若い。

（それほど、この人は早くに亡くなってしまったというわけか……）

高齢化や長寿化、などという単語は気付いたら目に入ってくるほどだけれど、帰省してから早世した人のことを知る頻度が高い。

とはいえ、えりなの家は曽祖母もまだ健在みたいだが。

人の寿命はどうしようもない、ということを嫌でも実感する。

皆が皆、同じ時期に死ぬことなんてないというのは当たり前だけど、今はその事実に理不尽めいたものを抱かずにはいられない。

「あなたたちはもしかして、人ではないの……？」

「儂は雀《すずめ》のハザマのチュンじゃ。でも儂はちぃと特別じゃけん、今は人の姿に化けとる」

「驚きました……。てっきりお三方とも生きてる人だと思っていたものだから。きなこが勝手にあなたたちに付いて回っているのかと思って……」

「あ、いや。俺たちは普通に生きている人間です」

「え……？」

悠護が訂正すると、さらに呆《ほう》けた声を出す蓬郷の妻。

（ハザマと人間が一緒に行動をしているこの状況、確かに傍《はた》から見るとかなりおかしいかも……）

すっかり受け入れてしまっている自分に、悠護は心の中で苦笑してしまった。

「ところで今の俺、凄《すご》く変な見た目だと思うんですが……。チュンにこうしてもらわないと人の霊が見えないし、声も聞こえないもんで……すみません」

「そうだったの。てっきりとても仲が良い《い》兄妹《きょうだい》かと……」

兄妹、と言われて悠護の心が少しくすぐったくなった。ただ、悪い気はしない。

しかし改めて他人から言われると、かなり間抜けな見た目だよなぁと悠護は思う。

肩車はともかく、この指眼鏡はどう見ても恰好《かっこう》よくはない。

なにより状況の緊迫感と合ってなさすぎる。

一や蓬郷の妻は優しいから指摘しないでいてくれたのだろうが、仮に短気な霊と会った場合「ふざけてるのか？」と怒られてしまいそうだ。

とはいえ、状況的に仕方がないのも事実。今は強引に考えないことにした。

「それより、どうしてこのお墓に？」

「ああ。もうすぐお盆だから『還《かえ》ってきた』のよ。少し気がかりなことがあって、いつもより早く来たんだけど……」

蓬郷の妻はそこできなこに視線を送る。

当のきなこはずっとおとなしく座ったままだ。

「……爺さんのことか」

「そう。あなた達、うちから出てきたけどあの人の知り合いかしら？　話を聞かせて欲しいのだけれど」

悠護とチュンは、その催促に無言で頷くのだった。

一通り事情を説明し終えると、蓬郷の妻は神妙な顔つきでため息を吐《つ》いた。

「やっぱりそうなってしまったの……」

蓬郷の妻は、夫がそのような状態になっていることを知らなかったらしい。

「去年のお盆の時は、きなこはまだ生きていた。私が向こうに還った後すぐに死んでしまったわけね……」

蓬郷の妻に視線を送られ、きなこは少し困惑したように軽く首を傾《かし》げた。

「あの、さっき言っていた気がかりなことって……？」

「あなた達が見た通りのことよ。あの人は昔からとても優しくて、そして寂しがり屋なところがあったから……。きなこの寿命が近付いていることに気付いてから、もしかしたらこうなってしまうんじゃないかっていう懸念があったの」

「まさか、予想できとったんか？」

「ええ。あの人の心が、耐えられなくなるんじゃないかって――」

「その通りになってしまったと……」

寂しそうに頷く蓬郷の妻。

「私が死んでから、まるで代わりのようにきなこを迎え入れたのよね。だから夫がきなこに大きな愛情を注いでいることは嫌でもわかってたのに。私には何もできなかったことがとても悔しい……」

「奥さん……」

誰も、何も悪くない。

だからこそ余計にやるせなくなる。

「儂《わし》らが見た限り、生活は普通にできとった。きなこに対する認知だけが壊れとる感じじゃったわ」

「そう……」

「もしかしたら、このまま放っておくのが爺さんにとって一番良いのかもしれん。でもそれじゃあ――」

チュンは座っているきなこを見下ろす。

「きなこの望みを叶《かな》えてやることができん……」

「きなこがチュンに伝えたのは、『おかしくなったから助けてほしい』というものだったもんね……」

つまり、きなこは自分の死を蓬郷に認識してほしい、と思っている。

死を受け入れたうえで、生きてほしいと。

ただのぬいぐるみをきなこだと思って話しかけている様子が、きなこには耐えられないのだろう。

「今までも『それは自分ではない』と目の前で訴えてきたみたいじゃ。でもこの姿になってしまっては声も届かない。きなこがハザマになってしまった理由がわかっておるのに見て見ぬふりをするのは——やっぱり儂はツライ。このままじゃ、きなこは成仏《じょうぶつ》できんままじゃ」

「そうだったの……。きなこはそんな存在になってしまうほど、あの人のことを心配してくれていたのね……」

きなこの頭をそっと撫《な》でる蓬郷の妻。

おとなしくパタパタと尻尾を振り続けるきなこ。

先ほどの話を聞く限り、きなこと蓬郷の妻は実際の面識はなかったようだ。

だからきなこは蓬郷の妻に対してどこか他人行儀な態度でいるのかと、悠護《ゆうご》の中で合点がいった。

この妻のことを飼い主として知っているのなら、もっときなこは初見から喜んでいたはずだろう。

「せめて私の声が、あの人に届いたら良いのだけど……」

「チュン、どうにかできない？」

悠護に振られたチュンは、目を伏せて首を横に振る。

「生きている人間に霊の声を届けるのは、さすがに無理じゃ。ましてや悠護と違って、儂がとり憑《つ》いとるわけでもねえからな。それができるなら、儂がとっくに悠護のじいちゃんからばあちゃんへの言葉を伝えとる」

「そうか……」

悠護の祖父から言葉を教えてもらったというチュンが言うのだから、本当に無理なのだろう。

「ええと、悠護君。今どういう話をしてるの？　何となく予想はつくけど……」

突然、えりながおずおずと悠護に尋ねてきた。

「あ、ごめん。蓬郷さんの奥さんの声が届いたら、もしかしたら解決するんじゃないかって言ってるんだけど――。現状、その手段もないからお手上げ状態ってところ……」

「うーん……」

説明を受けて考え込むえりな。

悠護も力なくその場に座り込む。

このままでは、きなこが本当に妖怪になってしまう。

「他人が強引に現実を突きつけると蓬郷さんの心がどうなってしまうかわからないから、できればそれは避けたい。でも蓬郷さんにはきなこの姿は見えないし、当然奥さんの声も届かない――」

改めて現状を整理してみると、詰んでいるとしか思えない。

だがそこで突然、悠護はハッと気付く。

「声………」

「どうしたの？」

悠護の様子に気付いたえりなが声をかけるが、悠護は明後日《あさって》の方向を見ながら勢い良くその場から立ち上がった。

「そうだ。声だよ！」

「へっ？　いきなり何？」

「奥さんの声は蓬郷さんには直接届かない。でも、チュンと一緒の俺ならこうして聞くことができる」

「つまり……？」

「奥さんの言うことを、俺が代弁して蓬郷さんに伝えたら良いんじゃないかなと」

「なるほどのう。要するに、ツバメの時に儂がやったのと同じようなもんか？」

「そういうことになるね」

ただ、状況はあの時とかなり違う。

言葉の発信者である蓬郷の妻の姿が、当の蓬郷には見えていない、というのがかなりのハンデになってしまう。

「でもそれ、ただ伝えるだけで信じてくれるかな？　それこそ蓬郷さんにとってはきなこちゃん以上に、奥さんのことはデリケートな話題なんじゃゃ？」

えりなの言うことはもっともだ。

ただの伝言ゲームをするだけでは、おそらく何も解決しない。

「確かに、そこはもっと工夫が必要か……。今日会ったばかりの俺に言われても、軽くあしらわれて終わりだと思うし」

しばし顎に手を当て、考え込む悠護。

やっと解決の糸口になりそうな光を見つけたのだ。

何とかして動きたいという一心で、悠護は必死で頭を巡らせる。

一方、そんな悠護をジッと見つめるえりな。

その真剣に考えている悠護の肩にはチュンが乗っていてなかなかシュールな絵面《えづら》になっているのだが、見えていなければ関係ない。

一応えりなもどうにかできないか考えてはみるものの、そもそもチュンもきなこも、そして蓬郷の妻さえも見ることができない——という前提条件の中で案を思いつくことは至難の業だ。

悠護とは、触れている情報量が違いすぎる。

悠護が真剣なことはわかっている。ただそれだけに、見えない存在に必死になっている彼を見ると、えりなは少し寂しさを覚えてしまうのも事実だった。

そこでふと顔を上げた悠護と、えりなの目が合った。

えりなは慌てて視線を逸《そ》らす。

「え、どうかしたの？」

「な、何でもないよ⁉　策を考える振りをしつつ真剣な悠護君に見入ってたなんて、そんなこと全然ないんだからね⁉」

「………」

そこで悠護は無言になると――。

「それだ！」

と突然大きな声で叫んだ。

「えっ、へっ？　い、いや私は別に⁉　今のは、えっと……」

「振りだよ！　要は演技だ！」

「？？？」

言われても意味がわからず、えりなもチュンも口をポカンと開けている。

「あの……。改めてえりなちゃんにお願いが……」

「ほへっ⁉　い、いきなり何？　お願いって？」

悠護はパンと両手を合わせ、えりなに頭を下げる。

「奥さんの声を伝える手段を思いついたんだけど……正直、えりなちゃんに協力してもらわないとこの作戦は成立しない。無理を言って悪いけど、どうにかお願いしたいんだ」

「いや。まず内容を説明して欲しいんだけど？」

「あ、確かにそうだね。ごめん」

そして悠護は考え付いた『作戦』を説明する。

説明を聞いた一行は、しばらくの間無言になってしまった。

「あの……やっぱり無理、かな……？」

「無理、というか何というか……。全てこの女子《おなご》にかかっとることになるわけじゃろ？」

「平たく言うと、そういうことになるかな……」

「平たく言わんでもそうじゃろうが！？」

「でも、他に良《い》い案が思い浮かばなかったんだよ」

「むぅ……確かに儂も代案は出せんし、これが今のところ最良か……。ほとんど賭けになってしまうけど……」

話題に上った当のえりなは、まるで思考を放棄してしまったかのように固まっていた。

「いや、えりなちゃんが本当に無理なら強制はしな――」

「悠護君はずるい……」

「え――」

「ずるいって言ったの！　これまでの事情を聞いて、そんなことを頼まれて断れるわけないでしょ⁉」

「本当にごめん……。お詫《わ》びに、終わったら俺何でもするから――」

「本当に？」

突然ずいっと距離を詰められ、今度は悠護がたじろいでしまう。

「う、うん。俺にできることなら、だけど……」

「本当に？　絶対？　約束だからね？」

「わ、わかった」

「……よしっ」

えりなは満足げに呟《つぶや》くと、土を払いながら立ち上がる。

「早速準備しないと。一回家に戻ってくるね」

「ありがとう。準備ができたら一度打ち合わせしたいから、またここに戻ってきてほしい」

「了解」

えりなは返事をするとすぐに墓地を抜け、坂道を駆け降りて行った。

「相変わらず走るの速ぇのう……」

「そうだね。運動神経良いんだろうな」

と悠護は言ったものの、初日にえりなと再会した時、自転車で電柱にぶつかったと言っていたことを思い出した。

「運動神経が良いのとドジなのは別ってことかな……」

「ん？　何か言ったか？」

「な、何でもないよ。俺たちも今のうちに準備しておこう」

「て言っても、準備の必要があるのは悠護だけじゃけどな」

「確かにそうなんだけどさ……」

ひとまず悠護も、一度祖母の家に戻ることにしたのだった。

再び集合したのはそれから二十分も経《た》たない頃だった。

えりなは坂道を駆け上ってきたらしく、到着した時には激しく息を切らしていたが。

「……よし」

えりなと向かい合わせに立っていた悠護が小さく呟く。

二人の手にはスマホ。

そして両者共、耳にはワイヤレスのイヤホンが着けられていた。

「これで準備は整った。充電も問題ないし、あとは実行するだけだ」

「人間の道具ってつくづく凄《すげ》ぇもんじゃのう。感心するわ」

「使える物は使わないとね」

別に悠護が作ったわけではないけれど、褒められると嬉《うれ》しくなる。

その傍《かたわ》らで、えりなは自分のスマホをジッと見つめて固まっていた。

「えりなちゃん……大丈夫？」

「あ、うん。ちょっと緊張してきただけ」

「そうか……」

「先に言っておくけど、もう謝るのはやめてよね。協力するって決めたのは私なんだし」

「……わかった」

えりなの気遣いを素直に受け止め、悠護《ゆうご》は待機している蓬郷《とまごう》の妻の所へ向かう。

悠護の視線がえりなから逸れたところで、彼女はスマホを持つ手を小刻みに震わせ始めた。

「悠護君と連絡先……交換してしもうた……」

小さく呟くえりなを背に、悠護はきなこの前にしゃがみ込む。

「これで上手《うま》くいくとは限らない。でも俺たち、精一杯足掻《あが》いてみせるから」

それでも上手くいかなかった時は――という言葉は、今は呑《の》み込んだ。

弱気を言葉に出してしまったら、本当にそうなりそうな気がしたから。

誤魔化すように悠護はきなこの頭をわしゃわしゃと撫《な》でる。

ただ、チュンと同じく感触はまったくない。

「このビロードみたいな耳、触ったら絶対に気持ち良いだろうに……」

ハザマと会ってきて、一番がっかりした瞬間だった。

「すみません。どうかよろしくお願いします……」

蓬郷の妻が頭を下げる。

ある意味、この人の言葉が届くかどうかに全てがかかっているわけだ。

悠護は大きく頷《うなず》くと肩上のチュンを見上げた。

「それじゃあ、行こうか」

「……ああ」

各々《おのおの》緊張した面持ちで山を下る。

「あ、ハンミョウだ」

しかし間もなくえりながら嬉しそうな声を上げた。

「ハンミョウ？」

「うん。前の地面に止まってるやついるでしょ？　あの細長くて、ちょっと青色に光っている虫」

「ああ。あれか」

確かに不思議な色と模様をしている。

悠護たちが近付くと、ハンミョウはフワッと低い飛行をしてその少し先にまた着地した。

「人が近付くと飛ぶんだけどさ、何でか人の進む方向に着地することが多いんだよ。で、またこっちが歩いたら飛んで――を繰り返すんだよね。それが道案内してるようにも見えるから『ミチオシエ』とも呼ばれてる」

「へえ、そうなんだ。詳しいね」

えりなの解説に素直に感心する悠護。

それを証明するかのようにハンミョウは少し飛んでは着地、を繰り返した。

ずっと進行方向が同じなので、本当に道案内をされている気分だ。

「ミチオシエ……。道を教える、か……」

今から悠護たちは、きなこと蓬郷のこれからの道を決める行為をしようとしている。

(どうにか、良い方向に行きますように……)

祈りながら歩く悠護たちの前を飛ぶハンミョウはそこで大きく横に逸れ、茂みの中へと姿を消した。

※　※　※

蓬郷昭二《しょうじ》は、以前からある程度の覚悟はしていた。

そう遠くない日に『この日』が来てしまうだろうと。

そしてついに、その日が来てしまった。

きなこが、動かなくなった。

それだけではない。

既に呼吸が止まっている。

鼻に手を当てても、微《かす》かに感じられるはずの風がない。

昼寝をしていたはずなのに、いつまでも起きてこないから様子を見たら——こうなっていた。

「きなこ。きなこ」

呼びかけてみるが返事もない。

尻尾も振ってくれない。

座布団《ざぶとん》の上に横たわるきなこは、眠っているようにしか見えないのに。

いつもなら、寝起きにご飯の催促をしてくるはずなのに。

首回りの柔らかい毛も、ビロードのように手触りの良い耳も、普段と全然変わらないのに。

「きなこ……」

自分の声ではないと思うほど、掠《かす》れた音が喉から出てきていた。

数年前、昭二は農家仲間にペットの死後についての対応を相談していた。

『うちの犬の時は知り合いの業者に頼んだけえ。あそこは対応も良かったで』

ずっとその業者のことは頭にあったので、すぐに連絡をした。

聞いていた通り、良い対応だったと思う。

常に飼い主に寄り添った言葉をかけてくれた。

ただその間、昭二はほとんど心ここに有らず、という状態だった。

事務的に、淡々と事を進めていく。

『やらなければならない』というのは頭ではわかっていたから、ただ淡々と。

火葬を終え、渡された骨壺《こつつぼ》を手に昭二は家に帰った。

少しでも自分に近い、家の庭に埋骨すると決めていたから。

随分と小さい骨壺なのに、きなこがこの中に入っているのが信じられなかった。

この中に入っているのは、もしかしたらきなこではない別の存在なのかもしれない。

――いや、そんなことはない。

頭ではわかっているのに、でもその可能性を捨てきれない自分もいた。

家の裏の畑から、少し離れた場所に穴を掘った。

畑用の土壌ではないので随分と硬く、鍬《くわ》とシャベルを握る手に力を込めたのは久々だった。

これで土に還《かえ》るのだな――と漠然と考えながら、きなこの骨を埋めた。

なぜだか、感情をそこに乗せられなかった。

額の汗を拭いながら家の中に戻る。

やるべきことは一通り終わった。

でも、何も考えられない。

ずっと抱いていた空虚感が、そこでさらに肥大していく。

胸に穴が空いてしまったのか――と思ってしまうほど、何かを考えてもそこから全てが流れ出ていくような感覚。

そんな昭二の目にふと入ってきたのは、ずっとテレビ台の上に置いている、柴犬《しばいぬ》のぬいぐるみだった。

それは手芸好きの妻が生前に作った物だ。

『見てこれ。手作りにしてはかなり良い《い》出来でしょ？』

完成した時、嬉しそうに見せてきた光景が甦《よみがえ》る。

昭二は手芸のことは何一つわからなかったので、本当にお世辞抜きで良くできていると思った。

妻が事故で亡《な》くなったのは、それから間もなくのことだった。

気付いたら昭二は、家に柴犬を迎え入れていた。

妻が作ったぬいぐるみと同じ柴犬で、首輪も首のリボンと同じ緑色にした。

まるで妻が作ったぬいぐるみが、本当に目の前に現れたかのようで――。

当時のことを思い出しながら、昭二の中に違和感が発生する。

ぬいぐるみと同じような犬だった、きなこ。

いや。きなこの方がこのぬいぐるみと同じだったのか――。

昭二の中で、両者の存在が次第に溶け合っていく。

先ほど自らの手で庭に埋めた骨は、昭二の中では既に『別のナニカ』に置き換わり始めていた。

だって、きなこがあんなに小さくて軽い骨になるわけがない。

信じられない。

散歩に行った帰り、雨が降りそうなのにまだ家に帰りたくないと駄々をこねた時、強引に抱っこをして連れ帰った。

見た目以上に、結構ずっしりとした重さが腕にかかったのが忘れられない。

動物病院に行って体重を量った時、13kgあった。

だから、きなこがあんなに軽いわけがない。

信じられない。

信じられない。

信じたくなかった。

…………そう。

だからあれは、あの骨は──『違う』。

次第にぐにゃりと歪《ゆが》んでいく景色。

本人も気付いていない涙が、静かに頬を伝い落ちる。

視界がぼやける中、それでも見えるのは。

今、昭二の目の前にいるのは、きなことそっくりなぬいぐるみで──。

——ああ、なんだ。

「きなこ、まだ生きとるじゃねぇか」

※　※　※

蓬郷《とまごう》の家のインターホンを再度鳴らすえりな。

今の彼女は、一つにまとめていた髪をほどいていた。

緩やかで生暖かい風がえりなの髪を揺らす。

その後ろで、悠護《ゆうご》とチュンも緊張した面持ちで佇《たたず》んでいた。

「…………」

蓬郷の妻がきなこの隣にしゃがみ、その頭に手を乗せる。

「どうか応援して頂戴ね……」

蓬郷の妻がきなこに声をかけた直後、前回と同じく蓬郷は直接外に出てきた。

「おお、星島《ほしじま》さんと空木《そらき》さんとこの。どうした？　忘れ物でもしたんか？」

「まぁ、はい。そんなところです」

「何を忘れたんなら？　取ってくるけえ」

「……あの」

意を決した目で、えりなが蓬郷を呼び止める。

「私たちが忘れたのは、物じゃないんです」

「ん……？」

「蓬郷さんに、伝え忘れたことがあります」

悠護がさらに続けた。

「儂《わし》に言い忘れたこと？」

「はい。これから言うこと、信じられないかもしれません。でも……どうかお願いです。聞いてください」

先ほどとは雰囲気が違う二人に圧倒されているのか、蓬郷は戸惑っているようだ。

えりながそこで一歩前に出る。

「じっ、実は私、その、イタコの能力があって……。し、死者の声を聴くことができるんですっ！」

「…………は？」

「そ、そしてあなたの奥さんが、どうしてもお話ししたいことがあると……」

明らかに蓬郷の表情が変わった。

胡散臭《うさんくさ》いものを見るような目に。

「あの、気持ちはわかります。でも本当に嘘《うそ》じゃないんです。俺、彼女の邪魔をしたら悪いんで見えない所まで移動しておきます」

悠護はすかさず門から離れると、ポケットからワイヤレスイヤホンを取り出して装着した。

「えりなちゃん。聞こえていたら右手の指をどれでもいいから曲げて」

悠護が小声で指示すると、えりなは右の小指を軽く曲げて見せた。

先ほども一度確認はしていたが念のための最終確認だ。

悠護はそれを見届けると、もう少し離れた場所に移動した。

今二人は、スマホの通話機能で繋《つな》がっている。

えりなが髪をほどいたのは、ワイヤレスイヤホンを隠すためだ。

悠護が少し離れたのは、喋《しゃべ》っているところを蓬郷に聞かれないため。

だが離れすぎると二人の挙動も見えなくなるので、そこはかなりギリギリの距離だ。

蓬郷は明らかにえりなのことを疑っていた。

急がないと、えりなが強引に追い返されてしまうだろう。

「奥さんは蓬郷さんの声、聞こえてますか？」

「ええ。これくらいの位置なら問題ないわ」

「それじゃあ、よろしくお願いします」

「はい」

「チュンも頼むよ。チュンがいないと、俺は奥さんの声聞こえないから」

「任せえ。指先にしっかり力を込め続けてやるけん」

「まず、蓬郷さんにえりなちゃんのことを信じてもらわないといけません。二人にしかわからないことを教えてください」

「そうね……。新婚旅行の日の朝、楽しみにしすぎちゃって二人とも寝坊しちゃったことは、あの人も覚えていると思うわ」

悠護はスマホ越しにそのまま伝える。

あとは、えりなの演技力に懸けるしかなかった。

悠護の声を聞いたえりなは、静かに一度目を閉じる。

いかにも『今、妻の声を聞いている』というふうに見せかけるためだ。

実際にイヤホンから聞こえてくるのは、悠護の声なのだが……。

それは絶対に、蓬郷に悟られてはいけない。

続けて目を開くと、悠護から聞いた言葉をそのまま伝えた。

「奥さんは新婚旅行の日の朝、二人とも寝坊したと言っています。本当ですか？」

「なっ――!?」

蓬郷の目が大きく開く。

想像以上の反応だった。

「どうやら本当みたいですね」

「何でそんなこと、お嬢ちゃんが知って――」

「言ったじゃないですか、奥さんの声が聞こえるって。さらに電車に乗り遅れて、その後の予定を大幅に変更せざるをえなくて大変だった、と。食べたかったうどん屋さんのお昼の営業に間に合わなくて、仕方なく近くの喫茶店に入った。でもあの時、生まれて初めてパフェを食べたことが忘れられない、って言っています」

「…………」

半ば呆《ほう》けたようにえりなのことを見つめる蓬郷。

「本当に、お嬢ちゃんは……。それじゃあ、悦子《えつこ》はそこにおるんか？」

「すみません。私には声しか聞こえないんです……」

「そう……か……」

とはいえ、どうやら信じてくれたようだ。

第一段階はひとまず突破したということで、えりなは安堵《あんど》する。

だが、本当に伝えないといけない言葉はここからだ。

（悠護君、私頑張るから）

静かに深呼吸をして、次の悠護の声を待つ。

（蓬郷さん、お願い。どうか最後まで信じて）

祈るえりなの耳に、再度悠護からの言葉が届いた。

「蓬郷さん……。どうか奥さんが伝えたいこと、聞いてあげてください」

風が吹く。

えりなの長い髪がふわりと舞い、図らずも神秘的な雰囲気が醸《かも》し出《だ》された。

『あなた、久しぶりね。私が死んでから犬を飼い始めたのを、ずっと見ていたのよ。楽しそうに過ごしているようで安心した』

「悦子……」

えりなの声、えりなの姿。

それでも蓬郷は彼女の中に、確実に妻の存在を感じているようだった。

蓬郷にちゃんと届いていることを確認したえりなは、さらに聞こえてくる言葉を続けた。

『でもね、あなたも気付いているでしょ？　きなこはもう十九歳を越えた。人間の年齢に換算したら、あなたよりもずっとお婆《ばあ》ちゃんになってしまったのよ』

「それは――。そう、じゃな……。きなこはもうそんな年齢じゃよな……」

きなこの年齢に関しては、蓬郷もずっと気にしてはいるようだ。えりなと悠護との会話の中で「だいぶ年寄り」という単語も頻出していた。

外飼いから室内飼いに変更したことも、ちゃんと労《いた》わっていた証拠だろう。

『それでね、私からあなたにお願いがあるの』

「お願い……？」

そこで少しだけ間が空く。

悠護が伝えてきた言葉――次に言わなければならない言葉に、えりなも少し驚いてしまったからだ。

だがすぐに気を取り直し、再び蓬郷の妻の振りをする。

『そろそろ、私がきなこのお世話をしても良い？　実はね、あなたを見ていて私も犬を飼ってみたいと思ってしまったの』

「悦子が、きなこを……？」

『ええ。だってきなこと楽しそうに過ごしているあなたが、ずっと羨ましかったんだもの。駄目かしら？』

「………」

しばし無言になる蓬郷。

妻のお願い。

既に死んでしまった妻が、きなこの世話をするということは――。

即《すなわ》ち、きなこと蓬郷のお別れを意味するものだ。

これを彼が受け入れるかどうかに、全てがかかっていた。

しばらくの間続く沈黙。

やがて蓬郷は、ゆっくりと『妻』に語りかける。

「きなこ、散歩がぼっけえ好きで大変じゃぞ」

『大丈夫。あなたより私の方がずっと若いんだから』

「そ、そうじゃな……。おやつのジャーキーも好きだからといって、あげすぎたらおえん」

『うん、わかってる。おやつはちゃんと適量にする』

（これって、つまり……）

しばし静寂が訪れた後――。
寂しそうに、でもほんの僅かだけ、どこか嬉《うれ》しそうに。
蓬郷《とまごう》は、柔らかく微笑《ほほえ》んだ。
「……わかった。きなこのこと、よろしく頼んだで。悦子……」
(――――!)
蓬郷の方からその言葉が出てきたことに驚く。
同時に、えりなは胸がいっぱいになってしまった。
蓬郷がきなこの死を受け入れたということだから。
『ええ、任せて。あなた以上に可愛《かわい》がってみせるんだから』
「過保護はおえんで」
『あなたに言われても説得力がないわよ』
蓬郷が照れくさそうに笑う。
その笑顔を見て、えりなはもう大丈夫だと確信した。
『それじゃあ、そろそろ私たちは行くね。あまり長居はできないの』
「そうか……」
『心配しないで。きなこと二人で、あなたのことをずっと見守っているから』

「ああ。ありがとう悦子。儂《わし》がそっちに行くまで、きなこのことくれぐれもよろしくな」

……………。

イヤホンから悠護《ゆうご》の次の言葉が来ない。

しばらく経《た》って聞こえてきたのは、悠護の労《ねぎら》いの声だった。

『ありがとう、えりなちゃん。奥さんがもう終わりだって。こっちに戻ってきて』

（そっか……）

えりなは一度目を閉じた後、軽く蓬郷にお辞儀をした。

「あの、これでもう奥さんが伝えたいことは終わりだそうです」

「そうか……。ありがとうなぁ、お嬢ちゃん」

「私は、何も……」

悠護の言葉を伝えただけだ。

でもそれが蓬郷の心に変化を与えたのなら、この役を引き受けて良かったと思う。

「その、そろそろ失礼します。本当に突然すみませんでした」

「いや、こっちこそありがとうな。いつでもうちにおいでえ。と言っても、野菜くらいしか出せんけどな」

そう笑う蓬郷の顔を見て、えりなは確信した。

（ああ、もう大丈夫だ）

前見た時とは違う。

もう『おかしくない』笑顔だったから。

「……儂もちぃと、仏壇に手を合わせてくるかのう」

そう言って家の中に入っていく蓬郷の足取りは、何かが吹っ切れたように軽くなっていたのだった。


「上手《うま》くいった……」

イヤホンを外しながら、悠護は安堵の息を吐き思わず天を仰いでいた。

ここまですんなりと行くとは思っていなかった。

ぬいぐるみをきなこと認識したままの蓬郷を否定せず、それでも死を受け入れさせた。

蓬郷の妻でなければ、きっとそれは無理だっただろう。

それに、えりながいなければどうなっていたか。

しばらく彼女に足を向けて寝られない。

当のきなこは今のやり取りをずっと真剣に見つめていた。

だから、どうなったのか理解しているはずだ。

「……きなこ」

呼んだのは蓬郷の妻だ。

その目には涙が滲《にじ》んでいた。

きなこは丸い目で彼女を見上げる。

「私の代わりに、あの人の傍《そば》にいてくれてありがとう。ずっと心の拠《よ》り所《どころ》になってくれて、本当にありがとうね」

ぽろぽろと溢《こぼ》れてくる涙を拭いながら、蓬郷の妻はきなこの頭を撫《な》でた。

優しい手付きで、何度も何度も。

「わんっ！」

嬉しそうに、そしてどこか誇らしげにきなこは鳴いた後。

全身が眩《まばゆ》く光り輝いて。

キンッという音と共に、光の粒子になって消え去った。

「きなこ……」

「やっと成仏《じょうぶつ》できたんだね」

「ああ……」

光の消えた後をしばし見つめる悠護とチュン。

わかってはいたけれど、この消え方はあまりにも呆気《あっけ》なくて少し虚《むな》しい。

ただハザマにしてみれば、きっとそんなことはどうでも良《い》いのだろう。

蓬郷の妻は静かに立ち上がると、深く頭を下げた。

「本当に、この度はありがとうございました」

「気にすんな。儂らがしたくてやったことじゃけえ」

「……本当に、不思議な方たちね」

チュンの言葉に微笑んだ後、蓬郷の妻は門の中に入っていく。

「私、お盆が終わるまで家にいます。えりなさんにもお礼を言っておいてくださいね」

「はい。えっと……お元気で」

死んだ人間にかける言葉としては、とても不適切だったかもしれない。

でも、咄嗟《とっさ》に他に良い言葉が思い浮かばなかった。

入れ替わるように、えりながそこで合流した。

「お疲れさま。全部終わったよ。きなこも今成仏した」

「そう、良かった……。でもまさか私が犬のためにこんなことをするなんて、想像したこ
とすらなかったよ……」

「本当にごめん……」

そうだった。そもそもえりなは犬がとても苦手だった。

それなのにここまで付き合ってくれたのだ。

「しかもイタコって何？　冷静に考えたらだいぶヤバい人じゃん私！　一応蓬郷さんには『ややこしいことになるのが嫌だから』って口止めをお願いしたけど、いつポロッと洩《も》れてもおかしくないし……。もしこれで変な噂《うわさ》が広まったら、めちゃくちゃ困るんだけど？」

「それに関してはもう、本当に申し訳ないとしか……」

蓬郷が他言しないことを祈るしかない。

とはいえ、きなこの死が一年以上近所の人に知られていなかったことを考えると、おそらく大丈夫だと思うのだが。

「俺、えりなちゃんに助けてもらってばかりだね」

「まぁ、そうね。でも別に、私はそこまで嫌だとは――」

「蓬郷さんの奥さんが、えりなちゃんに『ありがとう』だって。俺からもありがとう。手伝ってくれて」

「ふ、ふーん……」

ふいっと顔を背けるえりな。

たぶん照れ隠しだろう。

「……私さ、悠護君からチュンちゃんやきなこちゃんの話を聞いていたけれど、正直に言うと百パーセント信じる、ってところまではいってなかったんだよね」

下を向いたまま、不意にえりなが呟《つぶや》く。

「そうだったんだ……」

それは仕方がないことだと悠護も思う。

どんなに悠護が説明をしても、結局は『見えない』のだから。

「でもさっきの蓬郷さんの表情とか、悠護君の言葉とか……。それを見たり聞いたりしていたら、本当に見えない存在ってあるんだって思えるようになった」

えりなはそこで顔を上げる。

これまでに見たことがないほど穏やかな表情で、悠護の胸が意図せず跳ねた。

「悠護君は、凄《すご》いね」

「え？　俺は別に何も凄くなんてないよ。凄いのはチュンの方で……」

「そうかもしれないけど。でも、私はそんな見えない存在を受け入れてる悠護君が凄いと思ったの！」

「あ、ありがとう……」

えりなはハッとすると、顔を赤く染めてまた視線を逸《そ》らしてしまった。

自分が言ったことに照れてしまったらしい。

よく表情が変わっておもしろいな、と悠護はつい思ってしまった。

怒られそうだから声には出さないけれど。

「あ、そうだ。さっき言ってたお礼、どうしようか？　俺にできることなら何でもするつもりだけど……」

「あ……。ええと、それは……」

急にもごもごと小声になるえりな。

「わ、私は連絡先を交換できただけでもう十分満足っていうか……」

「え？」

声が小さすぎて聞こえなかった悠護が問い返すと、えりなは慌てたように両手をパタパタと振った。

「な、何でもない！　そ、それじゃあ、明日《あした》うちに来てくれる？」

「えりなちゃんの家に？」

「まさかえりなな、外堀から埋めていく気なんかの……。前に家に行った時、えりなのお母さんもかなり悠護に良い反応しとったし……」

悠護の横で神妙な面持ちになるチュン。

「何ぶつぶつ言ってんの？」

「い、いや。別に？」

悠護には言わぬが花だろう、とチュンは判断した。

誤魔化すために、悠護から顔が見えないようふわりと高く浮く。

「どしたの悠護君？」

「ああ、ごめん。何でもないよ」

「そう。とにかくうちに来て。それから――」

「それから？」

「……一緒に、遊ぼう？」

「う、うん。わかった」

どんなことを言われるのかと身構えていただけに、少し拍子抜けしてしまった。

その瞬間。

唐突に悠護を襲う既視感。

今初めて言われたことなのに、前にもまったく同じことを言われたような気がする。

「約束だからね！」

そう言うとえりなは花が咲いたように笑う。

続けて「また明日！」と走りながら去っていってしまった。

「あ、行っちゃった……」

「相変わらず走るの速ぇのう」

幼い頃に交わしたらしい約束は、未《いま》だに思い出すことができないけれど。

今の約束は、悠護《ゆうご》は絶対に忘れない自信があった。

四．見つめる猫

朝食を食べてしばらくした後。

畳の上に大の字に寝転がった悠護は、しばらくの間ボーッとしていた。

チュンのこと。

ハザマのこと。

えりなのこと。

勉強のこと。

母親のこと——。

様々なことが断片的に頭に浮かんでは流れていく。

帰省する前はこっちでゆっくりと考えを整理するつもりだったのに、気付けば毎日外を歩き回っている。

かといって決して嫌なわけではない。むしろ嬉《うれ》しい誤算だった。

二度と会えないと思っていたチュンと、こうして再会することができたのだから。

とはいえ――。

チュンの望み通り一緒に行動してきたけれど、他のハザマたちのようにチュンはまだ成仏《じょうぶつ》する気配がない。

会ってきたハザマたちと違い、願いが単純でないというのもあるかもしれない。

でもいきなり満足して消える可能性もある。

そうなった時のことを――悠護はまだ考えることができない。

突然、悠護の目の前にぬうっとチュンの愛らしい顔が現れた。

「悠護、何考えとるんじゃ？」

「うーんと、色々……。そういえばさ、チュン。きなこの時にちょっと言ってて気になってたことがあるんだけど」

「何じゃ？」

「ハザマが望みをずっと叶《かな》えられなかったら、妖怪になってしまうってやつ……」

「ああ……。儂《わし》も実際に目撃したわけじゃねえけど、ハザマになってから感覚として『わかる』んじゃ。ハザマは霊と妖怪の中間みたいな存在じゃと言ったろう？　そして動物霊がハザマになるきっかけは、人間と関わることにある」

「うん。そう言ってたね」

「そして現存しとる多くの妖怪も、人間と何かしらの関わりのあるやつが多いんじゃ。自然由来の妖怪以外は、ほぼ人間と関係しとるんじゃねえかのう?」

「そういうものなんだ……」

妖怪のことは全然詳しくない悠護だが、言われてみれば河童《かっぱ》が人を襲ったり相撲を取る話は、何となくだが知っている。

「とにかくハザマは、ずっと願いが叶えられないと妖怪になってしまう、と……。タヌキは一《いち》君の姿をずっと見てたから、諦めるところまではいかなかったのかな」

「おそらくな……。あれはあれで、永遠に双方が彷徨《さまよ》う気配があったから問題じゃったけど」

「チュンも願いが叶えられなかったら、いつかは――」

その瞬間。

チュンは少女の姿から雀《すずめ》の姿に戻ると、悠護の顔に急降下してきた。

「わぷっ!?」

いきなり眉間がもふっとした。

少女の姿の時は肩車をしても重さを感じなかったのに雀の姿になった途端に感じるのは、あの姿が幻みたいなものだからだろうか。

「儂の心配はせんでええ。悠護はこのまま、儂と一緒に過ごしてくれたらええんじゃ」

「…………うん」

悠護はそれ以上追及することをやめる。

今はチュンの言うことを信じるほかなかった。

「チュン。俺今から勉強するから」

「ん、ああ。わかった」

悠護の顔から離れると、チュンはまた少女の姿に変わった。

「あ。でも、今日はえりなと遊ぶ約束をしとったんじゃねえか？」

「それは午後からだよ。昨日の夜にえりなちゃんからそう連絡がきたんだ」

充電ケーブルに繋《つな》いだままのスマホを手にする悠護。

えりなから『時間伝えるの忘れてた。午後からならいつでも良《い》いから』とちょっと素っ気ない感じのメッセージがきていたのだ。

「昨日も思ったが、それほんまに便利じゃのう。儂も欲しいわ」

「まずスマホの画面が反応しないと思う。これ、人が微《かす》かに発する静電気を感知して動いてるんだよ。だから指がカサカサに乾いてると反応しないんだ。ハザマの体も静電気が発生するの？」

「軽い冗談を冷静に返さんでくれ……」

「え、ごめん……」

気を取り直して教科書とノートを広げる悠護。

シャーペンの先を押したところで、残りの芯が短くなっていることに気付いた。

筆箱の中から新しい芯を取り出そうとして──。

「………あ」

なくなっていた。

残りが少ないというのは把握していたが、まさか空になっていたとは。

悠護は一階に下りて、祖母に替えの芯がないか聞いてみる。

「うーん……。意識したことなかったけど、うちにあるのはボールペンか筆じゃなぁ。あとは鉛筆くれぇじゃけど……」

という答えが返ってきた。

「そうか。それならちょっと下のスーパーに行ってくるよ」

どうせ必要なのは今日だけではない。この機会に買っておいた方が良いだろう。

「車で送っていこうか?」

「大丈夫。散歩代わりに歩いていくよ」

祖母はこの時間、家事で忙しそうだから車を出してもらうのは悪い気がする。

この滞在期間で朝食の片付けの後に洗濯物を干し、掃除機をかけてから庭の手入れをしてその後に買い物に行く、という祖母の生活リズムを悠護も既に把握していた。

できるなら迷惑はかけたくない。

とはいえ祖母は悠護の頼みなら、迷惑とはまったく思わないだろうけど。

それでも親不在で長期滞在をさせてもらっている以上、あまり甘えたくはなかった。

「そうか？ それならお小遣いあげるけえ、持っていき」

「え。でも――」

「好きなおやつでも買ってき。悠護の好み、お婆《ばあ》ちゃんわからんけん」

「……ありがとう」

おやつを買うだけにしてはやけに千円札が多い気がするけど。

ここはありがたく貰《もら》っておくことにした。

坂道を下り、徒歩で約二十分。

こちらに来た時は駐車場にほとんど車がなかったスーパーだが、今はほとんど埋まろうかというほど盛況だった。

午前中に地元で採れた新鮮な野菜類が安く並ぶので、早めに行かないとすぐに売り切れるからだ。

とはいえそのことを知らない悠護は「今日は人がたくさんいるなあ」という感想を抱くだけで終わる。

「はあ～。中涼しい」

スーパーの中に入った瞬間全身を包む冷気に、悠護は思わず緩んでしまった。

山の中とはいえ、やはり徒歩で歩くと暑い。

それでもコンクリートに囲まれた悠護のマンション一帯と比べると、朝晩の涼しさは全然違うなと実感していた。

「儂、買い物に来るの初めてじゃ。テレビでは見たことあったけど、やっぱ実際に見るとすげぇのう！　物がぼっけえ並んどるのう！」

はしゃぎながら店内の棚を眺めるチュン。

楽しそうな様子に悠護も口《くち》の端《はし》が上がる。

ただ周囲に人がいるので、チュンに話しかけることができないのが少し残念だ。

「さて。文房具コーナーは……」

ひとまず適当に進みながら周囲を見回すと、すぐに見つけることができた。

あまり広いコーナーではないが、ノートやペンの他に墨汁や絵の具が並んでいる。

その中にシャーペンの芯もさり気なく置いてあった。

「良かった。ちゃんとあって」

次はお菓子を選ぼう――と顔を上げた悠護《ゆうご》は、思わず頰を引《ひ》き攣《つ》らせてしまった。

「悠護！　これ何かすげぇぞ！」

チュンが掃除用のモップを持って、柄の部分を伸ばしたり縮めたりしていたのだ。

「あ、遊んだらダメだって！　元の場所に戻して！」

極限まで落とした声で注意をする悠護。

チュンは「むぅ」とちょっと不服そうにした後、素直に棚に置き直す。

「長い物に惹《ひ》かれる気持ちは俺もわかるけどね……」

道に落ちている長い棒を無意味に拾って喜んでいたことを思い出し、思わず苦笑してしまった。

気を取り直してお菓子コーナーに向かう。

が、角を曲がった瞬間に悠護は立ち止まってしまった。

「お、えりなじゃねえか。こんな所で会うなんて奇遇じゃのう！」

チュンの声は当然ながら聞こえていないはずだが、タイミング良くえりなも悠護に気付いたらしい。

「あ…………」

グミを手にした状態で固まるえりな。

「や、やあ……」

軽く手を上げて挨拶してみる悠護。

「今さら緊張する関係でもねぇのに、どうしたんなら二人とも？」

スーパーで知り合いに会うと、なぜだかわかんないけどちょっとだけ気まずくなるんだよ——と心の中で説明する悠護だが、当然チュンに伝わるはずもなく。

とりあえずその場から退散するのも不自然なので、悠護は当初の予定通りお菓子を選ぶことにした。

とはいえ、横にいるえりなが気になって棚に並ぶ商品が目に入ってこない。

悠護が何となく目の前にあったポテトチップスを手に取っている間に、えりなは「じゃあ……」と言って先にレジに向かってしまった。

「二人とも何でそんなによそよそしいんじゃ？」

チュンの疑問に、悠護は愛想笑《あいそわら》いで応えることしかできなかったのだった。

自転車を押すえりなと並んで歩く悠護。

あの後、結局悠護はサッカー台でえりなに追いついてしまったのだ。

えりなが買った物が多く、買い物袋に詰めている間に悠護の会計が終わったからだ。

店内の時のよそよそしさは二人にはもうなかった。

チュンはその態度の変化に首を捻《ひね》るが、周囲の目がないから——という理由を言っても理解するかはわからない。

「えりなちゃん、前に会った時も買い物してたよね。家の手伝い？」

「うん。夏休みの間、買い物に行ったらお小遣いを貰えるんだ。暑くて大変だけど、この辺にはアルバイトできるような場所もないし。私には貴重な収入源なんだよ」

「そうだったんだね」

相変わらず曲がったままの自転車のカゴの中には、たくさんの食料でいっぱいになった袋が入れられている。

「そういえば最初に会った時、このカゴが曲がったのは電柱にぶつかったから——って言ったでしょ？」

「確かにそう言ってた」

「今だから言うけど、道にいきなり現れた黒猫を避《よ》けようとしてぶつかっちゃったんだ。

その黒猫ね、いきなり道に現れたようにしか見えなくてさ……。私、本当にビックリして。しかも、私が自転車を起こしているほんの僅かな間に消えちゃったんだよね」

「消えた？　それってまさか……」

「……今となってはわかんない。もの凄《すご》いスピードで走り去って行った可能性もあるし。でも悠護君と一緒に過ごして、チュンちゃんや目に見えない存在がこの世にはいるんだってわかったから……もしかしたらそうだったのかもしれないって思っただけ。あの瞬間だけ、私にも見えたのかも——って」

その些細《ささい》なえりなの心境の変化が、悠護には嬉《うれ》しかった。

悠護も最初にえりなと会った時は、まさか自分が立て続けにハザマや霊と会うことになるなんて想像すらしていなかったのだけど。

あと自転車で電柱にぶつかった話を聞いた時、『もしかしたらえりなはドジなのかもしれない』と思ってしまっていたことは密《ひそ》かに懺悔《ざんげ》する。原因はちゃんとあったらしい。

しばらくの間無言が続く。

今までのえりなとの会話は、ハザマ関連のことが多かったなと今さらながら気付いた。

久々に再会したというのに、現在のえりなのことについて悠護はほとんど何も知らない。

「そういえばさ、えりなちゃんは高校はどこに行ってるの？」

突然の質問にえりなは驚いたのか目を丸くするが、すぐに表情は元に戻る。

「M坂だよ。自転車で四十分くらいかけて行ってる」

詳しい場所はわからないが、近くではないということはわかった。

確かにこの周辺に高校は見当たらない。行くなら必然的に遠くの方になってしまうだろうけれど——。

「自転車で往復一時間以上か。凄いね……」

悠護の通う高校も決して近いとは言えないが、電車で四十分と自転車で四十分とでは、質が全然違う。

しかもえりなの家の周辺には坂道も多い。

走るのが速いのも納得した。

毎日それくらい自転車を漕《こ》いでいれば、自然と体力もつくだろう。

「夏は日焼けするのが嫌なんだよね……。まぁ山が多いから日陰も多いんだけど、めっちゃ日焼け止め塗ってる」

その効果は如実《にょじつ》に表れているな、と思った。

健康的な小麦色の肌というわけではなく、どちらかと言うとえりなは白い。

電車で見かけた女子高生らしき子達を思い出してみると、えりなよりもずっと日焼けしていた気がする。

とはいえ、元々えりなが日焼けしにくい体質なのかもしれないが。

「悠護君は逆に、ちょっと黒くなったよね」

「え、そう?」

「うん。最初に見た時より日焼けしてるよ」

「やっぱり焼けてるか……」

風呂《ふろ》に入る前、鏡を見て「何となく黒くなったかな?」と思ったのは気のせいではなかったらしい。

改めて考える間もなく、毎日外を出歩いていればそうなるだろう。

家では夏になるとほぼ引きこもっていたので、悠護にとっては今年の夏はかなり大きな変化だ。

「…………」

「…………」

また会話が途切れてしまった。

とはいえ、悠護は特に気まずいと感じているわけではない。

だが何となく違和感を覚える。

いつもより、えりなの元気がない気がするのだ。

「えりな、昨日までの威勢の良さがねえのう。夏バテでもしたんかのう？」

チュンもそれは感じ取っていたらしく、疑問を口に出していた。

「そういえばえりなちゃん、早く帰らなくて大丈夫なの？　俺に遠慮しなくていいから、自転車に乗って帰っていいよ」

「ええと、うん……」

なぜかそこで言葉を濁すえりな。

とはいえ『もっと悠護と一緒にいたい』という理由ではない気がする。

どちらかというと、マイナス寄りの感情を言葉から察知したからだ。

「今日はさ、歩いて帰りたい気分なんだ」

「もしかして何かあったの……？」

「まぁ、そんな感じ、かな……」

明言はせず、匂わせるだけで終わる。

ただ、悠護もそれ以上踏み込むことはなかった。

本人が言いたくないことを無理に聞き出すほど、悠護も無神経ではない。

蟬《せみ》の声に包まれながら、ただ黙々と歩く二人。

チュンは少しだけ悠護から離れて上昇する。

「今日の空も青いのう」

空に広がる入道雲が、三人の頭上いっぱいに広がっていた。

黙々と歩き続け、えりなの家が見える所まで来た。

改めて悠護が思うのは、この周辺の家の中でえりなの家は特に大きい、ということ。

今まで意識したことはなかったが、ひょっとしなくてもえりなは良《い》い所のお嬢様なのかもしれない。

だからといって、今さらえりなに対する態度を変えるのも変だと思うので、このままでいるつもりだ。

「ん、あれは――」

えりなの家の前に一人の男性がいる。

たくさんある植木にホースで水をやっていた。

「お父さん……」

えりなが掠《かす》れた声で呟《つぶや》く。

悠護はえりなの父親とは、幼少の頃に会った記憶がない。

だから悠護《ゆうご》としては完全に初見の人だ。

「悠護君、それじゃあ私はこれで。また午後に会おうね」

「ああ、うん。また後で」

去っていくえりなの後ろ姿は、やはりどこか元気がないような気がする。

えりなの父親も悠護に気付いたらしい。

悠護が軽く会釈《えしゃく》をすると、同じく会釈を返してくれた。

「あ………」

そのえりなの父親を、少し離れた場所から見つめている存在に気付く。

黒猫だ。

黄色い目以外は真っ黒で、まるで切り絵を見ているような不思議な感覚になる。

そういえば、えりなの家は猫を飼っていただろうか？

この間家に入った時も見かけなかったし、えりなからもそういう話は一切出ていない。

この近辺に住む野良猫《のらねこ》だろうか。

「悠護。あの猫はハザマじゃ……」

「えっ」

チュンの言葉に驚く悠護。

黒猫はチュンを一瞥《いちべつ》すると、ふいっと視線を戻してえりなの家の中に入ってしまった。

今まで会ってきたハザマとは違う態度だ。

「チュンに助けを求めてこないね、あの黒猫」

「そうじゃな……」

「あれ？　不服じゃないの？」

事あるごとに『特別』を主張して誇らしげにしてきたチュンにしては、どうにも消極的だ。

「儂《わし》もハザマになったとはいえ、猫じゃけんなぁ。どうしても苦手なんじゃ……」

「へえ。犬は平気だったのに」

「犬は猫と違《ちご》うて、雀《すずめ》を遊びで狩ったりせんけんな。猫は気配も足音も消して近付いてくるのがぼっけぇ怖えんじゃ……。ハザマじゃけん狩られることはねぇとわかっとるけど、これればかりはどうもな……」

「なるほど」

雀としての本能的な部分なので仕方ないのだろう。

「ハザマになったチュンにも苦手なものがあったんだね」

悠護に言われたチュンは、「むぅ」と唇を尖《とが》らせるのだった。

祖母の家に戻り、当初の予定通り昼食まで勉強をする悠護。

その間チュンは暇そうに部屋の中でふよふよと浮いていた。

悪いと思いつつも、将来のことを考えると手を抜けないのも事実。

悠護は決して頭は悪い方ではないが、勉強をせずとも余裕でいられるほど天才というわけでもない。

「悠護。前から思っとったんじゃけど、それは何のためにやっとんじゃ？　人間はそういう勉強をしとる、というのはテレビで見て知っとんじゃけど」

「うーんと、将来のためだよ。人間には動物と違って色々な職業があるんだけど。こうして勉強をするのは生き方の選択肢を広げるため……なんじゃないかなぁ？」

「悠護もようわかっとらんのんか」

「まぁ、俺もまだ子供だし……。自分で言うのも変な感じだけど」

「そうなんかぁ。人間って子供の頃から大変なんじゃなぁ」

「確かにしんどいって思う時もいっぱいあるけど。生まれた直後から命を狙われる自然界の生き物の方が、ずっと大変な気もする……」

比べるものではないとはわかっていつつも、チュンにそう言われたら苦笑するしかないのだった。

「いってきます」

昼食を食べた後、悠護は予定通り家を出る。

当然だが買い物に行った時よりも暑くなっている。

今日の昼食はそうめんを用意してくれたので、一時的に涼を感じることはできた。

とはいえ、やはり暑いものは暑い。

「しかし、えりなは悠護と何をして遊ぶつもりなんじゃろな？」

「さあ……」

幼い頃は、えりなの庭で水遊びやボール遊びをしたことは微《かす》かに覚えている。

だが、さすがに幼い頃と同じことをするわけではないだろう。

坂道を下り、えりなの家が目前に迫ってきた。

「……悠護。何か聞こえる」

「え？　何が？」

「何か、言い争っているような声が――」

その瞬間。

バン！　と大きな音と共に、えりなが玄関から飛び出してきた。

あまりにも突然のことだったので、悠護もチュンも目を丸くすることしかできない。

えりなの顔は赤く、目元も少し潤んでいた。

そして――目が合った。

「あ………」

意図せず気まずい空気が流れる。

ただならぬ雰囲気と先ほどのチュンの言ったことから予想するに、何かあったことは間違いない。

この状況で「遊びに来たよ」と言っても良いのだろうか。

「ええと……。何か協力できることはある？」

咄嗟《とっさ》に出てきた言葉だったが、それでもえりなは少し安堵《あんど》した表情を見せるのだった。

えりなに連れられ、家の裏山の中に入っていく悠護とチュン。

祖母の家の裏山よりクヌギの木が多いところ以外は、特に目立ったものはない。

けれど何となく来たことがある気がするのは、どこの山も似た景色と雰囲気があるせいだろうか。

周囲よりひときわ大きくて太いクヌギの木がある。えりなはその根元に腰を下ろした。

「この木、大きいね」

悠護が素直な感想を口にすると、えりなは目を輝かせた。

「この木ね、カブトムシやクワガタムシがたくさん集まってくるんだよ」

「えっ、そうなの？」

「うん。オオクワガタやヒラタクワガタとか。オスもメスも関係なくより取り見取り！　まぁ蛾《が》やマイマイカブリとか、他の虫も集まってくるんだけど」

興奮気味に笑顔で語るえりなに、悠護もつられて笑顔になってしまう。

「えりなちゃんって虫好きなんだね」

思い返してみれば、えりなは蟬も手で捕まえていたし、ハンミョウについても詳しく説明してくれた。

この年代の女子の傾向を考えると、好きでなければそんな芸当はできないだろう。

「…………」

なぜかそこでえりなは固まってしまう。

「おい悠護。何かえりなの地雷でも踏んでしもうたんじゃねえか？」

「えっ？　そ、そんなヤバいことを言った？」

小声でチュンに返す悠護。自覚がないだけに急激に不安になる。

「やっぱり覚えてないか……」

えりなが寂しそうに呟く。

やはり悠護に原因があるらしい。

「あの――」

「さっきね、お父さんと喧嘩《けんか》しちゃったんだ」

いきなり先ほどのことを話しだすえりな。

チュンが言い争っている声を聞いていたのは本当だったらしい。

えりなが家から飛び出してきた時に涙目だったのは、それが原因だったのかと合点がいった。

「二度とここには近付くな、って言われて。でも元々はこの場所、お父さんに教えてもらったから私は納得いかなくてさ。それで反論したら『もう高校生なのにみっともない』って言われて――。そもそも昔から『もっと女の子らしくしろ』ってチクチクと言われてたんだけど、もう我慢できなくなってさ。昭和の価値観のままなんだもん。それで家から飛び出しちゃったの」

「そうだったんだ……」

その瞬間。

チュンがふわりと高く浮き、とある方向をジッと見つめ始める。

「またあの黒猫じゃ……」

悠護もそちらに視線を向けると、チュンの言う通り黒猫のハザマがこちらを見ていた。

いや。正確にはえりなを見つめている。

黒猫は悠護たちと一瞬だけ視線を交差させると、ふいっと顔を背けてどこかへ行ってしまった。

「悠護君？　何かいたの？」

「ああ、ごめん。何でもないよ。それで、どうしてここに来るのがみっともないってことになっちゃうの？」

「女子高生が虫取りをはしゃぎながらやるのが、お父さん的にはみっともないんだって」

自虐的な笑みを浮かべて呟《つぶや》くえりなだが、その声には『納得いかない』という気持ちがありありと乗っていた。

「俺はそんなことないと思うけどな……」

「……やっぱり悠護君は肯定してくれるんだね」

（やっぱり？）

少し引っ掛かる言い方だ。

この言い方だと、以前も同じことを悠護《ゆうご》が言ったかのような――。

突然チュンが肩を揺らしてきた。

「悠護、悠護」

「どうしたの？」

「えりなに猫を飼ってたことがあるか聞いてみてくれんかのう？　さっきの黒猫、えりなの家の方に行ってから気配が消えたんじゃ。何か気になるというか……」

「そうか……わかった」

「え、何？　またチュンちゃんと話してるの？」

「うん。えりなちゃんの家、猫を飼ってたことはある？　ってチュンが聞いてる」

「猫？　私がとても小さい頃に家にいたらしいけど、私は全然覚えてないな」

「一応飼ってはいたんだ」

「お父さんが拾ってきたとか、そんなこと言ってた気がする。でも写真も全然残ってないし、お父さんとはあまり話もしないから、猫の話も聞いたことないな……」

「なるほどのう……。えりなより、父親か家の方に憑《つ》いているハザマっぽいな」

チュンは再びえりなの家の方を向く。

「気になるけど、猫じゃけんあまり気乗りはせんのう……」

「でも、何か理由があるからハザマになってるんだよね？」

「そうじゃが……」

「……もしかして、うちにもハザマがいるの？」

特に隠す必要もないだろう。

悠護は黒猫のことをえりなに話した。

「黒猫……」

えりなは呟いた後、ハッとした表情になる。

「もしかして私が自転車で電柱にぶつかる前に見た黒猫って、それだったんじゃ？」

「可能性は高いよね」

何かの弾みで、えりなにも一瞬だけ見えてしまったのかもしれない。

「でも、そうか……。お父さんに関係がある猫か……」

先ほど喧嘩したばかりなので、えりなとしては話題に出るだけで複雑なのだろう。

悠護としても、チュンが猫だから乗り気ではないのと、そもそもあの猫がチュンに助けを求めていない時点で動きようがない。

（でも、ハザマになってしまうほどの理由が何かあるんだよな……）

「悠護。儂《わし》、ちょっとだけあの黒猫を遠くから観察してくるわ。何かわかるかもしれん」

「俺は行かなくていいの？」

「ああ。どうもあの猫、警戒心が強ぇ部類っぽいしの。ちぃと気配を隠してみる。あと儂は悠護にとり憑《つ》いとるけど、こんくれぇの距離なら離れても大丈夫じゃし」

「わかった」

チュンは悠護から離れると、突然その姿を消した。

気配を隠したのだろうが、物理的に見えなくなるとは思っていなかったので悠護は少しだけギョッとしてしまった。

しばし訪れる沈黙。

常に蟬《せみ》の声は聞こえてくるのに静かだと思ってしまうのは、この地にもかなり慣れてきたということだろうか。

「私のせいで何か微妙な雰囲気になっちゃってごめん。それで改めて言うのもなんだけど……遊ぼうか」

そうだった。元々はえりなと遊ぶ約束をしていたのだ。

「うん。それで何をして遊ぶの？」

えりなは悪戯《いたずら》っぽくニカッと笑う。

「山に来たら当然、虫取りでしょ！」

「でも、虫取り網とか何も持ってないけど……」

「そんなの素手でいけるでしょ。で、捕まえてちょっと観察したら即リリース。うん、何も問題なし！」

問題ありまくりだよ……と悠護は思ったのだが、眩《まぶ》しい笑顔のえりなを前に何も言えなかった。

「虫って、本当に様々な姿をしてるじゃん。擬態したり綺麗《きれい》な声を出すものもいたり、絵画みたいな模様を持っているものもいたり。でもそんな個々の違いはあっても、ほぼ例外なく寿命は短い。あの小さな体で全力で生きているところが、儚《はかな》さもあるけど私は……とっても好きなところなんだ」

ふっと柔らかい笑みを浮かべるえりな。

その言葉を聞いた瞬間、ふと悠護の脳裏に過《よぎ》るある光景。

「あ――――」

思い出した。

子供の頃、えりなと一緒にこの山に来たことがある。

あの時もさっきみたいに、えりなは笑っていて――。

「…………」

「どうしたの？」

突然真顔になった悠護に、えりなが問いかけると。

「えりなちゃん、あの時はごめん……」

突然、消え入りそうな声で悠護が謝罪した。

「えっ？　何？」

「一緒に遊ぶ約束をしていたのに。約束やぶってしまってごめん……」

「まさか、悠護君……。思い出した……の？」

こくりと頷《うなず》く悠護。

そしておそらく、これがえりなとの『約束』。

ただなんてことのない、子供同士が軽く交わす「またあそぼうね」という、ほんの些細《ささい》な。

大人から見ると、約束とも言えない約束。

でもきっと、それがえりなにとっては大きな意味を持っていた。

「俺、子供の頃は毎日のようにえりなちゃんと遊んでた。そしてここにも来たことがあるよね」

「う、うん………」

「でも夏休みのある日から、突然えりなちゃんの家に行かなくなってしまって……」

えりなが息を呑《の》み、瞳孔が開く。

「俺がえりなちゃんの家に行かなくなった日に、チュンを拾ったんだ。あの時のチュンは怪我《けが》をしていて、どうにか回復してもらいたくて——。俺はあの日からチュンの世話をすることで頭がいっぱいになってしまって……」

「私のことがまったく考えられなくなってしまった……？」

申し訳ない気持ちでいっぱいになりながら、悠護は再度頷く。

それに、祖母からは無闇にチュンのことを人に言わないようにと告げられた。

悠護が友達を連れてくることで、チュンの回復が遅くなることを懸念《けねん》したのだろう。

「それから間もなく、引っ越しするって言われてさ。前から決めてたんだろうけど、俺にとってはいきなりすぎて本当にショックだった……。チュンのこともあったし、その日から落ち込む日々を過ごしていたら——」

「引っ越しする日になってたんだね？」

大泣きしながら車に乗ったことだけは、今でもハッキリと覚えている。

でもえりなに挨拶しに行けなかったと気付いたのは、車が高速道路に乗ってからだった。

「本当にごめん。あの日会いに行けなくて。あの日以降も、ずっと……」

「………」

しばし立ち尽くしたままのえりな。

怒っているのか悲しいのか、その表情からはわからない。

それでも悠護としては、ただ謝ることしかできなくて――。

「えいっ」

突然、頭に軽い手刀をくらわされた。

「――っ⁉」

えりなは悪戯っぽく笑っている。

「思い出したんならもういいよ。私もずっと意固地になってて、ごめん」

「えりなちゃん……」

「ほら、ずっと立ってると蚊が寄ってきちゃう。虫探しに行こ？」

「……うん！」

歩き出したえりなに続く悠護。

人は忘れる。

それが幼い時の記憶なら、尚《なお》のこと。

ずっと忘れないとその時は誓っても、時の力の前に無残にも薄れていくことがある。

でもこうやって奇跡的に思い出すことができて本当に良かったと、弾むような足取りで歩くえりなを見ながら悠護は思うのだった。

※　※　※

虫取り網を初めて持ったのは、何歳の頃だっただろうか。

既に覚えていないほど、物心がついた頃にはえりなは虫取りのために野山を駆け回っていた。

昆虫――。

人と違って脚が六本あり、種類によりまったく違う生態をした生き物。

その不可思議さと神秘性に、えりなは無意識に惹《ひ》かれていた。

綺麗な翅《はね》の蝶《ちょう》も大好きだが、とりわけ大きなクワガタやカブトムシを見るのが好きだった。

そんなえりなの好みを知ったからか、ある日父親に連れて来られたのは、家の裏山の大きなクヌギの木。

うちの裏にこんな場所があったのか——と、とても感動したことはずっと忘れられない。

その場所は、えりなにとっても『とっておき』の場所となった。


そんなある夏の日。

幼稚園の園庭で、女の子の友達数人とままごとをしていた時のことだった。

突然ブーンと音を立てながら、黒い物体がえりなたちの頭上に飛来した。

キャーキャーと悲鳴を上げながら逃げ回る女の子たち。

えりなも最初は蜂が来たのかと思って怖かったが、よく見たらシルエットが丸い。

おまけに、飛び方がとても下手だ。

(コガネムシだ)

えりなが見極めた直後、コガネムシは土団子の載った皿の上に着陸した。

「あー！　こんなところに下りちゃった！」

「シッシッ！　どこかに行ってよ！」

背中を丸め、女の子たちはコガネムシを見つめることしかできない。

そんな中、えりなが動いた。

「だいじょうぶ、こわくない虫だよ。ほら、色もきれいだし」

えりなはコガネムシを簡単につまんでみせる。

しかし女の子たちはさらに悲鳴を上げる事態になってしまった。

「こっちにむけないで！」

「いや、こわいって！」

人が嫌がることをするつもりはない。

えりなはコガネムシを持ったまま端に植えてある木まで行き、その枝に止まらせた。

「もうこっちに来たらダメだよ」

良《い》いことをした、という満足感で胸がいっぱいになる。

ほくほくした気持ちで元の場所に戻るえりな。

しかし待っていたのは、女の子たちからの怪訝《けげん》な視線だった。

「えりなちゃん、虫もてるの……？」

「うん、へいきだよ」

「なんで？」

「なんでって、好きだから……」

正直に告げた瞬間、女の子たちの眉が露骨に内に寄った。

「女の子なのに虫が好きなんて、えりなちゃんへんだよ……」

「えっ……？」

それはえりなにとって、まったく予想していなかった言葉だった。

「うん。気持ちわるい……」

「そ、そんなことない――」

「そんなことあるよ。だってお母さんも、虫は気持ちわるいって言ってたもん」

「だよね。それになんか、きたないもん」

「………」

頭が真っ白になった。

気持ち悪いなんて、汚いなんて、えりなは微塵《みじん》も思ったことがなかったものだから。

「虫にさわったえりなちゃんもきたなくなっちゃったから、こっちに近付かないで」

あまりにもストレートに言われてしまった。

子供ゆえの残酷さ。

明確に、えりなは嫌われてしまったのだとわかった。

その日から友達に距離を置かれたえりなは、園庭の端で無意味に土を弄《いじ》って時間を潰すようになる。

クラスの他の女の子にもその話は広まってしまったのか、露骨に避けられるようになってしまった。

いつも楽しかった遊びの時間が、突然退屈で苦しいものに変わった。

それでも、えりなは虫のことは嫌いになれなかった。


園庭の端の方で時間を潰すようになってから数日後。

えりなの目の前に突然、黄緑色の大きな虫が現れた。

「オオカマキリだ……！」

興奮して思わず声に出してしまった。

「えっ？」

そしてまったく想定していない声が返ってきた。

慌てて振り返ると、隣のクラスの男の子が近くに立っていた。

帰る時に園庭で何回か見たことはあったけど、それまでえりなは話したこともなかった子だ。

「うわ、本当だ。カマキリがいる」

男の子は興味津々《きょうみしんしん》に近付いていく。

カマキリは大きくカマを上げ、威嚇のポーズを取る。

そのカマキリを、えりなは後ろからヒョイとつまみ上げた。

「おおっ⁉」

「ごめんね。でもつかまる前にみんなに見えない場所に行った方がいいよ」

そう言いながら木の枝に退避させる。

えりなの一連の行動を見ていた男の子は、終始口をポカンと開けていた。

（あっ――。ついさわっちゃった……）

男の子が見ていることを忘れていた。

えりなは途端に怖くなる。

また、気持ち悪いと言われてしまうのか――。

「すっごいね！」

しかし男の子の反応は、えりなが思っていたものとは真逆のものだった。

「え……」

「あんなカマをふり上げてるカマキリをもち上げるなんてこわくないの⁉　すごいよ！」

目を輝かせ、前のめりになる男の子。

「すごい……？　手でさわったのに、気持ちわるくないの？」

「ん、なんで？」

そのえりなの質問に、心から疑問に思っている顔で問い返された。

あまりにも彼が自然に受け入れてくれたものだから、えりなはしばし呆然《ぼうぜん》としてしまった。

「そっか……。気持ちわるくないんだ……」

次第に心が温かくなっていく。

女の子だからとか、そんなことなんて関係なく、ただ『すごい』と言ってくれた。

胸がどきどきしてきて、顔が勝手にほころんでしまう。

「あの……わたし、星島《ほしじま》えりなっていうの。きみは？」

「ぼく、空木《そらき》ゆうご」

「ゆうごくん……。えっと、いっしょに遊んでもいい？」

「うん。あ、そうだ。ぼく、みんなにたのまれてはっぱあつめてたんだ。向こうの砂場で道路を作って、水ではっぱを流れるようにしたんだよ。えりなちゃんもあつめる？」

「うん。あつめる！」

それが、えりなと悠護《ゆうご》が初めて言葉を交わした日で、えりなが悠護に惹かれた日でもあった。

その日から幼稚園で悠護と一緒に遊ぶようになったのだが、間もなく夏休みがきてしまった。

だが悠護の家がすぐ近くだと知り、家でも遊ぶようになったのだ。

ただ、悠護の家に行くまでによく吠《ほ》える犬の前を通らないといけないのが本当に嫌だったので、毎回えりなの家に来てもらうようにお願いしていた。

砂遊び、水遊び、ボール遊び、鬼ごっこ、かくれんぼ――。

色々なことをして遊んだ。

えりなが何よりも嬉《うれ》しかったのは、虫取りにも付き合ってくれたことだ。

時には山に入って野草を摘んだり、ただ話をするだけの日もあった。

「虫ってね、本当にたくさんの種類がいるんだよ。きれいだったり、かたかったり、強かったり」

「たしかにカマキリみたいに強くてかっこいいのもいれば、蝶みたいにきれいなものもいるもんね」

「うん。それでね、みんな小さい体なのにすごいんだよ。そういう、なんかね……えっと……どう言えばいいのかわかんないけど、とにかく人より小さいのにいっしょうけんめい生きてるところが大好きなの！」

目を輝かせて言うえりなに、悠護は優しい微笑《ほほえ》みで応えてくれた。

悠護はえりなの好きなものを否定しない。

受け入れて、一緒に遊んでくれる。

えりなにとって、悠護の存在は日に日に大きくなっていったのだった。


夏休みに入ってからも、毎日のように遊ぶ二人。

この日もいつも通りに遊んで、帰る時間になった。

「あのね、ゆうごくん。明日《あした》もあそぼうね」

「うん、わかった。あそぼう」

「やくそくだよ！」

誓約なんて何もない、とても軽い、いつも通りの『約束』。

それでもえりなにとって、この日の約束は特別な意味を持っていた。

なぜなら、父親から教えてもらった『とっておき』の場所を、悠護にも教えるつもりだったから。

これまで何回も教えようとはしたけれど、あそこはえりなにとって特別な場所なのでずっと躊躇《ちゅうちょ》していた。

父親に教えてもらった大切な場所だから、無闇に人を入れて荒らされたくなかった。

でも悠護と一緒に遊んできて、彼になら教えても良いと思った。
悠護なら信用できるし、人に喋《しゃべ》ることもしないだろう。
それに好きな人には、自分の大切な場所も知って欲しいという思いもあった。
でも、次の日悠護は来なかった。
それどころか、その次の日も、またその次の日も。
えりなの方から悠護の家に行く——という選択肢はなかった。
だって、あの吠える犬がとても怖いから。
折しも夏休みに入っていたので、幼稚園で会うこともできない。
自分の部屋の窓から、ジッと悠護の家がある方を見る日々が続く。

——どうしてきてくれないの？
——またあそぶってやくそくしたのに。
——わたしのとっておきの場所、教えるつもりだったのに。
——どうして？
——どうしてやくそく、やぶったの？

母親から悠護が引っ越すことを教えられたのは、その数日後だった。

会いに行く？　と母親から何度も尋ねられた。

でも完全にへそを曲げていたえりなは、都度首を横に振った。

――自分からは行きたくない。

――ゆうごくんの方から会いにきてほしい。

――だって、またあそぶってやくそくしたもん。

でもその意固地のせいで、ついにえりなは悠護に会えないまま、彼は遠くに行ってしまったのだった。

※　※　※

ガサガサと伸びた雑草をかき分け、二人で進んでいく。

「五歳の時のことだもん。仕方ないよね……」

自虐的な笑みを浮かべ、えりなは悠護に聞こえない声量でぽつりと呟《つぶや》いた。

悠護と突然再会した直後は、まだ拗《す》ねた気持ちの方が大きかった。

でも彼と一緒に行動しているうちに、その気持ちも次第に和らいでいった。

自分の方が気にしすぎていたかもしれない、とやっと思えるようになったからだ。

それに彼にとっては、『約束』という認識じゃなかっただろうから。

けれど悠護は思い出してくれた。

だからようやく、あの時のいじけた自分とサヨナラできた。

「うお、何か飛んでる」

歩いていると様々な虫が頭上を飛んでいく。

大体は音に驚いた蟬《せみ》だ。

でも、えりなは道行く先に違う虫を見つけた。

「悠護君、ちょっとここで待ってて」

「うん？　わかった」

言われるままに停止する悠護。

えりなはまるで獲物を狩る猫のように足音を殺しながら、ゆっくり、ゆっくりと進んでいって――。

「おし！　捕まえた！」

えりなの手の中には大きなトンボがいる。

「見て。オニヤンマだよ」

悠護に見せると、興味津々に手の中を覗《のぞ》いてきた。

黒と黄色の縞《しま》模様のボディは、非常に堂々たるものだった。

「えりなちゃん、本当に凄《すご》いな……」

初めて会った日と同じように褒めてくれる悠護に、えりなはつい顔をほころばせてしまった。

そして改めて思う。

どんなに父親から『女の子なのにみっともない』と否定されても、やっぱり好きなものは好きなのだ。


気配を消し、空から黒猫に近付いていくチュン。

距離が縮まっていくごとに、意図せず緊張感が高まっていく。

猫――。

悠護の祖母の家から外に出て他の雀《すずめ》と一緒に生きていた頃にも、強く警戒していた生き物の内の一種だ。

本能的に苦手意識があるが、それでもチュンが近付こうとするのは、同じ『ハザマ』という存在になったから。

成仏《じょうぶつ》できない理由が絶対にあるとわかっているからこそ、このまま見て見ぬふりはできない。

それは別にチュンの使命でも何でもないのだが、どうしても放っておけなかった。

「────っ!?」

チュンがビクリと肩を震わせたのは、黒猫がこちらを向いたからだ。

真っ黒な顔に浮かぶ黄色の目は、確実にチュンを捉えている。

「こっ、こんにち……は…………」

震える声で、咄嗟《とっさ》に挨拶をするチュン。

黒猫はしばしジッとチュンを見つめて──。

そして、ゆっくりと近寄ってきた。

ただチュンほどではないにせよ、黒猫も警戒している様子は伝わってくる。

言葉を交わすことなく、しばらく続く沈黙。

「あー、その……。儂《わし》、えりなの友達の悠護にとり憑《つ》いとるチュンっていうんじゃや。は、はじめましテ……」

カタコトの挨拶をするチュンをジッと見つめる黒猫。

また少しだけ近付いて、行儀よくその場に座った。

ひとまず襲い掛かってくる心配はなさそうだ。

チュンもストンと地面に降り立った。

「えっと、見た感じえりなの家か父親に意識が向いとるっぽいけど……。何か心配事でもあるんか?」

チュンの問いに、黒猫は一瞬だけすいっと目を細める。

「どうして関わろうとするのか、じゃと? そうじゃな……。儂も悠護のばあちゃんの家で、ずっと待っとったけん……。待つ苦しさをわかっとるから、かな。お節介かもしれんけど」

チュンの答えにも、黒猫は微動だにしない。

(やっぱ無理かのう……)

そうチュンが思った直後。

黒猫はゆっくりと瞬《まばた》きをした後、チュンの頭の中に直接語りかけてきた。

「……そうか。話してくれる気になったか」

警戒を解いてくれたことにホッとする。

「そんでお主が気にしとんのは、えりなの父親の方なんじゃな。野良《のら》じゃったのを拾ってもらったと。その父親は元々……ふぅむ……」

黒猫から送られてくる言葉に、チュンはしばし意識を集中させるのだった。

※　※　※

泣きながらえりなが幼稚園から帰ってきた——。

仕事から帰ってきてすぐ、星島信雄《ほしじまのぶお》は妻からそう報告を受けた。

おおかた、他の子と喧嘩《けんか》でもしたのだろう——。

信雄が予想した通り、幼稚園で他の子に嫌われてしまったと妻は言う。

だがその原因を聞いた信雄は、しばし立ち尽くしてしまった。

「俺のせいじゃないか……」

信雄が結婚したのは三十代後半の時。

結婚に然《さ》して興味がなかったこともあり、気付いたらこの年齢になっていた。

親が見合い結婚の相手を何人も紹介してきたが、のらりくらりと躱《かわ》して数年。

初めて『良《い》いな』と思う人が現れ、そのまま流れるように結婚までいった。

結婚自体に興味はなかったが、子供は好きな方だった。

ただ漠然と、子供は男の子が良いなと思っていた。

一緒に遊んでみたいし、成人になったら一緒にお酒を飲む仲になりたい。

でも、生まれてきたのは女の子だった。

かといって可愛《かわい》く思えなかったということはなく、むしろまったく逆で、妻が引いてしまうほど溺愛した。

お互いの年齢的に、二人目はやめておこうという結論を出していたから、余計に。

それでも日々の成長を見守っていく中で、自身が経験してきた男の子の遊びを一緒にしたい、という気持ちが膨れていく。

だから何度もえりなを遊びに誘った。

木登りやキャッチボールやサッカーといった体を使った遊びが大好きで、いつもえりなは走り回っていた。

転んで怪我《けが》をしてしまった時などは妻から小言を言われたが、それでもえりなが楽しそうにしている姿を見ることが何よりも幸せだったので、特に意に介さなかった。

そんなある日、さり気なく一緒にやった虫取りにえりなはとても興味を持ち、目を輝かせてのめり込んでいった。

信雄が子供の頃に通っていた、家の裏山の『とっておき』の場所も教えた。

クワガタやカブトムシがたくさん集まる木で、えりなは大興奮しながら喜んでいた。

その虫好きが、幼稚園の女友達にとても不評だったらしい。

えりなも反論したらしいが、『気持ち悪い』と言われてしまったらしく、酷《ひど》く落ち込んでいた。

しばらくの間、暗い顔で幼稚園に向かっていたえりな。

ただ近所に住む悠護《ゆうご》という子に会ってからは、また笑顔を取り戻していた。

えりなの良き理解者だったのだろう。

しかし、その悠護も引っ越して遠くに行ってしまった。

また落ち込むえりなを見て、信雄は自分が教えた男の子っぽい遊びの色々を後悔した。

自分のエゴで、えりなが友達から孤立してしまうようになってしまった。

間違っていた。

ならば、自分が押し付けていた男の子っぽい部分は排除しなければならない。

えりなに女の子らしい遊びを好きになってもらわなければならない。

そうしないと、えりなに笑顔が戻らない――。

信雄の決意は強固だった。

※　※　※

「………」

黒猫から話を聞いたチュンは、無言になってしまった。

それは、黒猫が他界して数年経《た》った時のことだという。

えりなの父親の中にどこか歪《ゆが》んだ想《おも》いがあることに、黒猫は死の前から気付いていたらしい。

それがずっと引っ掛かっていて、成仏できなかったと。

そして、この出来事が起きてしまった。

黒猫はずっと見守ってきたが、特に何か変わるわけでもなく、そのまま今に至るという。

「このまま放っておいても、えりなと父親の関係が良いものになる可能性は低いと儂は思うんじゃけど……」

既にその出来事から十年以上経っている。

なのに、未《いま》だに改善していないのだ。

人間の若者の十年はかなり長いものだとチュンは理解しているからこそ、二人にとってこの問題が根深いものだとわかる。

「あぁ……。一応お主も頭ではわかってはおるんじゃな」

黒猫がそれでもチュンに助けを求めないのは、人間の親子関係のことなので自分たちで解決してくれるのを願っているかららしい。

その理由以外に、他人に極力頼らない——という、黒猫の元々の性格もあるのだろうけど。

ただ、もう見守るだけでは限界な気もする。

「ちぃと待っててくれ。儂、えりなを呼んでくるけん」

チュンは再び裏山へと飛び立つのだった。

チュンから話を聞いた悠護は、えりなにそのような事情があったことをまったく知らなかったので驚いた。

そしてえりなも同じく、記憶にも残っていない黒猫がずっと自分たちを見守っていたことなど、知りもしなかった。

「儂、えりなと父親に足りてないのは、会話だと思うんじゃ」

悠護も同じ感想だ。

同時に胸が痛くなる。自分にも心当たりがあるからだ。

「人間には、自分の意思を事細かに他人に伝える『言葉』というものがある。儂は、それをもっと有効に活用して欲しいと思う。こうやって儂が言葉を覚えたのも、悠護と話したかったからじゃし」

「チュン……」

すっかり慣れてしまったが、こうしてチュンと意思疎通ができることは本来ならありえないことなのだ。

ハザマになってから言葉を覚えたチュンからすると、この人間同士の『足りない』やり取りが、非常にもどかしく映るのだろう。

「えりなちゃん。お父さんと話をしたことはある？」

「正直に言うとほとんどない……。そもそも口数が少ないし、それに何か雰囲気が怖いんだよね……」

「それでも、ちゃんと話した方が良いと思うんだ。これから先も、えりなちゃんが好きなものを否定され続けるのは俺としても悲しいよ。それに、黒猫もずっと成仏《じょうぶつ》できないままだろうし」

「悠護君……」

えりなは少し俯《うつむ》いていたが、やがて静かに顔を上げた。

「……わかった」

決意と不安。

どちらも入り混じった瞳で、えりなは父親のいる家を見据える。

「正直に言うとお父さんと話をするのは怖いけど……私、頑張る」

「うん。俺もチュンも、そしてきっと黒猫も応援してるよ」

悠護に励まされたえりなは、そこで笑顔を見せるのだった。

家の中に入ったえりなは、しばし廊下で立ち尽くす。

今日は父親の仕事は休み。今は書斎にいるはずだ。

(大丈夫。蓬郷《とまごう》さんの家に行った時と比べたら、これくらい全然問題ない。だって、あの時の私の設定なんてイタコだもん。うん、大丈夫。イケる)

今回は荒唐無稽な設定を盛って演技するわけではない。

あくまで普通に、父親と話をするだけだ。

その普通が今までずっと難しかったことについては、今は無理やり頭の中から追い出した。

（悠護君が応援してくれてるんだもん。それに猫のためにも頑張らなきゃ）

えりなは両ほほを手で叩《たた》いて気合いを入れ、父親のいる書斎へ足を踏み出した。

一階の端。

畳ばかりの広い家の中で、台所とこの父親の書斎の床だけがフローリングだ。

それだけに特別感があり、えりなもほとんど入ったことはない。

一度深呼吸をしてから、書斎のドアをノックした。

「お父さん。話がしたいんだけど入ってもいい？」

「あ、ああ」

少し戸惑った声が返ってきた。

えりなは慎重に中に入ると、すぐに扉を閉める。

母親や祖母に、今は話を聞かれたくなかった。

「……どうしたんだ、突然？」

「えっと…………。もうさ、いい加減ギスギスするのに疲れたというか……」

「…………」

重たい沈黙。

それでもえりなは怯《ひる》むことなく続けた。

「お父さん、単刀直入に聞くね。どうして突然、私に虫取りをやめるように言ってきたん？　あの裏山の場所を教えてくれたの、元々はお父さんじゃろ」

「それは…………」

言葉を詰まらせる父親。

えりなは挑むような目でジッと見据える。

何を言われようが、一切引くつもりはない。

「……俺は元々、子供は男の子が欲しかったんだ」

「…………え？」

いきなり心がざわついてしまった。

自分が望まれた存在ではなかった、と言われている気がして。

「跡取りが欲しかったとか、そういう大層な理由じゃない。俺が子供の頃に遊んでいたようなことを、ただ一緒にやってみたかった。それだけなんだが――」

「それを、私と一緒にやったってこと……？」

「結果的に、俺の理想をえりなに押し付ける形になってしまった」

「私は、別に……。お父さんから教えてもらった色々なことを、嫌だと思ったことはないよ……」

「でも、そのせいで幼稚園で孤立してしまっただろう」

「────っ！」

あの時のことを、父親も知っていたのか。

よく考えたらそうだろう。

わざわざ母親が黙ったままにしている理由がない。

「母さんから聞いて、俺は何てことをしてしまったのかと反省したよ。えりなと一緒に遊ぶのは楽しかった。でも俺の楽しさを優先するあまり、えりなのことを何も考えてなかったことにようやく気付いたんだ。俺のせいでえりなが友達から孤立してしまう状況を、改善しなければと思った」

「だから、いきなり『女の子っぽくしろ』って言ってきたわけ？　虫が好きなのは女の子っぽくないから。私が、友達に嫌われないために……」

「………そうだ」

「……虫取りを率先してやる女の子は、確かに珍しいかもしれない。でも別に、そこに性別による制限を当てはめなくてもいいと私は思ってる」

「…………」

「私にしてみれば、お父さんがいきなり昭和の価値観を持った人に変わったようにしか思えなかったよ……」

「それは……すまない」

あまりにも素直に謝られて拍子抜けする。

そして、とても馬鹿らしくなってしまった。

十年以上、ずっと父親が苦手で避けていたのに。

虫が好きで行動が女の子らしくないえりなのことを、父親は嫌っているとさえ思っていたのに。

根源にあったのは、えりなを想う気持ちだったなんて。

これまでのことがえりなの頭を過《よぎ》る。

どうやら元来口下手なのと、その気持ちが強く出過ぎたこともあって、えりなに対して都度威圧的な態度になってしまっていたということか。

胸にずっと居座っていた硬いナニカが、静かにサラサラと溶けていく。

「お父さん……。それでもやっぱり、私はやめないよ。だって誰にどう言われようが、好きなものは好きなんだもん。あと、別に今は孤立してないし」

「それは、学校では虫好きを出してないからだろう」

「そうでもないよ。本当に仲良くなった子には言ってる。それに、私の好きなものを否定する人とわざわざ付き合いたいとは思わないもん」

えりなの返答に父親は目を丸くする。

「そう、か……」

そして、皺《しわ》が刻まれ始めた目元を少しだけ緩ませた。

「俺の知らない間に、えりなも随分と大きくなってたんだな」

「今さらすぎるよ」

思わず苦笑してしまう。

そんなことも知らないほど、二人は会話をしてこなかった。

話してみれば、すぐにお互いの考えがわかることだったのに。

でも、これからはきっと違うと思う。

「それにしても、どうしていきなり俺と話をしようと思ったんだ？」

「そ、それは——」

えりなは一瞬だけ躊躇《ためら》うが、正直に言うことにした。

「お父さんが昔拾った黒猫がいるでしょ？　その子が私たちのことが気になって、まだ成仏できていないみたいだったから……」

突拍子もない話にポカンとする父親。

えりなとしてはこれ以上フォローしようがない。

そもそも黒猫のことも、悠護《ゆうご》から聞いただけだ。

(やっぱりこんな話、信じてもらえないか……)

「あぁ、えぇと……。俺としては帰省中の悠護君が、えりなに心境の変化を与えてくれたからだと思ったんだが」

「そっ、それは、その……。た、確かに間違ってはいないけどっ、でも――」

いきなり出てきた悠護の名前に、えりなはどうしようもなく狼狽《ろうばい》してしまった。

「やっぱりそうだったんじゃないか。わざわざカゲを建前にすることはないぞ。昔もえりなの口から、悠護君の名前は頻繁に出てきとったしな。……俺は応援してるぞ、えりな」

「そ、そんなんじゃないけん!?」

あらぬ方向に話がいってしまった。

いや、まったく違うというわけではないし、むしろ合ってはいるのだが。

まさか母親に続き、父親からも恋路を応援されるなんて想像すらしていなかった。

そこは『娘はやらん』的なノリで反対するものではないのだろうか？　とも思ったのだが、本当に反対されたらそれはそれで困るので、えりなとしてはとても複雑な心境だ。

「と、とにかくそういうことだからっ。……小さい頃、一緒に遊んでくれたことは私は嬉《うれ》しかったし、ありがとうって思ってる」

えりなはそこで踵《きびす》を返し、ドアノブに手をかける。

「えりな。最初に男の子が欲しかったと言ったが、今はそんなことはまったく思っていない。えりなの笑顔を見ていたら、そんな気持ちはとっくになくなっていたしどうでも良くなっていた。えりなが日々を幸せに生きてくれるなら——俺はただそれだけでいい」

背中越しに掛けられた言葉を、えりなは静かに噛《か》みしめて。

「うん、わかった……」

口下手な父親が精一杯伝えてくれた想《おも》いに、えりなは頷《うなず》いてから部屋を出る。

その後ろを、黒猫が静かに追いかけていった。

「そういえばえりな、カゲのことをいつ知ったんだ……？　あいつが死んだのはえりなが赤ちゃんの頃だったはず……。母さんが話したのか？」

父親のその呟《つぶや》きは、誰にも拾われることなく書斎に溶けていくのだった。

家から出てきたえりなから事の顛末《てんまつ》を聞いた悠護は、心から安堵《あんど》の息を吐いていた。

「良かった……」

今はそれ以外の言葉が出てこない。

これで二人の仲がさらにこじれることになっていたら、促した悠護としては悪いことをしたで済むものではない。

何となく上手《うま》くいくような気もしていた――というのは、終わった今だからこそ言えることだ。

「あ、黒猫じゃ」

えりなの後に家から出てきた黒猫は、やはり離れた場所から彼女を見ていた。

「全部見とったんじゃろ？　心残りはもうねぇんか？」

チュンが尋ねると、黒猫はしばしえりなの方をジッと見つめて――。

静かに伸びをして、家の中に入ってしまった。

「あれ。また家に入っちゃった。まだ気掛かりなことが残ってるのかな」

「いや、あれは……」

チュンはそこまで言うと、黙ってしまった。

「悠護君、なんか色々とごめんね。私から遊びに誘ったのに」

「全然気にしてないから大丈夫だよ。むしろ俺の方こそありがとう」

「……？　よくわかんないけど、どういたしまして？」

「そろそろ夕方だし、今日はもう帰るよ」

「もうそんな時間になってたんだ。今日のところはこれでバイバイだね」

「うん。それじゃあ、また」

えりなに手を振って歩き出す悠護。

少し進んだところで、浮いたまま横から付いてくるチュンに視線を向けた。

「そういえばさっき、黒猫が家の中に入った後黙っちゃったけど……」

「あの黒猫、儂《わし》らに顔を見せた後、最期に父親の顔を見に行ったんじゃと思うわ」

「え。最期って、つまり……」

「ああ。家の中で黒猫は成仏《じょうぶつ》した。気配が消えたのを察知したけん」

「そうだったんだ……」

もっとも気にかけていた人の傍《そば》で成仏したかった。

それがあの黒猫の最期の願いだったのだろう。

「しかし、終始警戒心が強ぇやつじゃったの」

「うん。でもあの黒猫の思う通り、ちゃんとえりなちゃんたちのことが解決して良かったよ」

　そう言った後、悠護は真顔になる。

「…………」

「悠護？」

「俺も、ちゃんと話をしてみなきゃダメだなって……」

　えりなにあんなことを言ったが、自分もできていなかった。

　でも話し合うことで前に進める可能性があることを、えりなが示してくれた。

　えりなだけではない。

　これまでチュンと共に行動して、初めて会う人たちと話してきた。

　話すことで、その人のことを知ることができた。

　知らない人に話しかける勇気を持てたのだから、知っている人に話しかけられないわけがない。しかも、家族なのだから。

「……チュン、お願いがある。俺のこと、応援してほしいんだ」

「ようわからんが、儂は悠護がすることは全部応援するで」

「ありがとう……」

　そもそも悠護が帰省した理由を思い出す。

きっと、今こそ向き合う時だ。
決意を宿した目で、悠護は前を見据えた。

五. 悠護と雀《すずめ》

夕食は祖母特製のチャーハンだった。

昔もこれが好きだったことを思い出し、変わらぬ味に感慨深くなった。

夕食の片付けが終わり、椅子に座って休憩する祖母の許《もと》へ近付く悠護。

意を決し、声をかけた。

「ばあちゃん。聞きたいことがあるんだ」

「ん、何なら?」

「母さんが、どうしてあそこまで動物や自然が嫌いなのか……。その理由を」

「………」

悠護の言葉に、祖母はしばし固まってしまう。

いきなりそんな質問をされるとは思ってもいなかったのだろう。

「そうじゃね……。杏美《あずみ》には口止めされとるわけじゃねえもんな……」

祖母は小さく呟くと、悠護に椅子に座るよう促した。

悠護は祖母の正面に着席する。

今までにない雰囲気で緊張するが、横にチュンがいてくれるから幾分か気分は楽だ。

祖母は少し逡巡《しゅんじゅん》した後、ゆっくりと話し始めた。

「元々あの子は、小さい頃から都会への憧れが強かったんじゃけど……。明確な出来事は子供を身籠ってから、じゃな……」

「俺を……?」

祖母はそこで悲しそうにフッと笑う。

「違う、悠護じゃねぇんよ。実は悠護が生まれる数年前にも、杏美は子供を授かってたんじゃ。死産になってしもうたけどな……」

「え――」

初めて聞く真実に、悠護は言葉を失ってしまった。

それはつまり、姉か兄になるはずの人がいた――。

悲しくて、そしてとても不思議な、喩《たと》えようのない感覚が悠護の全身を駆け巡る。

そしてすぐに思い浮かんだのは、墓参りの時に見た小さな墓のことだった。

「もしかして、うちのお墓の隣にあるあれって……」

「ああ。その子のものじゃ」

「そして死産になった理由が……。この近辺の自然にあるんよ」

思わず心臓が跳ねる。

よくわからないが、そこに結び付くのか——。

「うち、昔はちょっと離れた場所で畑をやっとってな。杏美もその手伝いをしてくれとった。妊娠中も『運動になるから』って、無理のない範囲で手伝ってくれて——。でもある日、畑にイノシシが出てな。杏美は咄嗟《とっさ》に逃げ出したんじゃが、突き飛ばされて腹を強打してしもうたんじゃ」

「あ……」

もう、説明されなくてもわかる。

あまりにも痛ましい事実に、悠護《ゆうご》の口の中が乾いていく。

「すぐに病院に向かったけどな。この辺りには病院がねえけん、かなり距離があって……。処置した時には、既に手遅れな状態じゃった。あの子は悔しそうにずっと泣いとったよ。ここが都会だったらもっと病院は近かっただろうし、そもそもこんな目に遭ってなかっただろうと」

悠護はそこで目を閉じる。

母親の異常なまでの田舎嫌いと動物嫌い。

その理由が、こういうものだったなんて。

都会に引っ越した理由も、ただ単に憧れからくるものではなかった。

それでも――。

悠護は再び目を開くと、ポケットからスマホを取り出した。

今日は日曜日だから、仕事は休みのはずだ。

「ばあちゃん。俺、今から母さんに電話する。実は中学生くらいからずっと、母さんとの関係があまり良くなくて……。でも……話してみるよ」

チュンを見ると、彼女も深く頷いた。

「応援しとるで、悠護」

チュンがそう言ってくれるなら大丈夫だ。

根拠のない自信が湧いてきた。

唐突に、過去に母親から『くだらない』と一蹴された記憶がまたしても甦《よみがえ》る。

でも悠護は気付いた。

それを言われたのは一回だけ。

何度も何度も否定されたわけではない。

自分の頭の中で、繰り返し否定する母親をずっと作り続けてきたのだと。

だから母親に対するマイナスの気持ちがどんどん膨れ上がり、話をする勇気を持てなくなっていた。

でも、今なら――。

「それならうちの電話を使いーな。その方が杏美もちゃんと出るじゃろ」

「そっか。……うん、ありがとう」

悠護は立ち上がると、台所の隅に置いてある電話機の前に移動する。

受話器を取り、小さく深呼吸をしてから、番号を慎重に押していく。

『お母さんどうしたの？』という声が聞こえたのは、呼び出し音が五回鳴った後だった。

電話番号で相手が祖母だと判断したのだろう。

少し罪悪感を抱きつつ、悠護はおそるおそる告げる。

「あの、母さん。悠護なんだけど……」

『えっ、悠護？　あぁ、びっくりした』

「ごめん。今電話借りてるんだ」

『電波が悪いの？』

「まぁ、そんな感じ……」

『それで、どうしたの？』
すぐに言葉を返すことができない。
悠護は一度息を吸ってから、意を決して口を開いた。
「あの、さ……。ばあちゃんから話を聞いたんだ。母さんが今の所に引っ越した理由」
受話器の向こうから息を呑《の》む音が聞こえた。
『それ……は……』
掠《かす》れた声から母親の動揺が伝わってくる。
悠護は少し躊躇《ちゅうちょ》するが、一度出した言葉をもうなかったことにはできない。
「母さんが動物を嫌いな理由、やっとわかった……」
『………』
しばし続く無言。
悠護は心の中で改めて深呼吸をしてから続ける。
「わかったけど——それでも俺は、獣医を目指したいと思ってるんだ」
『………』
返事はない。
それでも今伝えなければ、きっとずっと後悔する。

脳裏を過《よぎ》るのは、帰省してから出会ってきたハザマたちの姿。

ただ純粋に人間のことを想《おも》い、死んでからもこの世に留まり続けた彼ら。

打算のない彼らの生きざまに悠護は胸を打たれた。

そしてさらに動物のことが好きになった。

「母さんは動物で嫌な目に遭ったから、嫌悪《けんお》するのもわかる。でも俺は、こっちに住んでいた時に自然や動物が好きになったんだ。今回帰省して、将来俺が少しでもこの純粋な心を持つ生き物たちの力になってあげられるのなら――って、その想いは益々《ますます》強くなった」

幼い頃にきなこを見て、えりなと遊んで、そしてチュンと出会って。

母親にとってここは嫌な記憶がある場所かもしれないけれど、悠護にとっては自分の『好き』の土台を作ってくれた、大切な場所だ。

「だから母さんの感情で……俺の将来を決めてほしくないんだ」

言った後、受話器を持つ手が少し震える。

元々争いを好まない性格だから、母親と衝突することをずっと避けていた。

これまで否定されても、ただ黙っていた。

でも今初めて、自分の意見をハッキリと母親にぶつけた。

『………』

無言の中に、何かを言おうとしてやめて——を繰り返していることを察知する。

次に母親がどういう言葉を返してくるのか、まったく予想がつかなかった。

どれくらい時間が経《た》っただろうか。

十秒かもしれないし、一分だったかもしれない。

極度の緊張で時間の感覚がわからない中、沈黙が続いて。

『確かに、悠護の言う通りね……』

受話器の向こうからようやく聞こえた母親の声は、とてもか細かった。

けれど、悠護の耳にはハッキリと聞こえた。

『私は、自分の感情のままただ否定していた……。私が嫌いなものを、大切な命を奪ったものを、悠護が好きなことが許せなかったの……』

「…………」

その気持ちがまったくわからない、とはもう言えない。

それでも——。

『でも、そうね。悠護の将来と私の過去には、直接的には何の関係もない……』

その言葉が母親の口から出てきて、悠護の胸の辺りにずっと居座っていた氷のような何かが溶けていくのがわかった。

ようやく、理解してくれた――。

『今までごめんなさい、悠護……』

「母さん……」

受話器の向こうから鼻を啜《すす》る音が聞こえる。

――ああ、なんだ。

こんなにもスムーズに理解してくれたのなら、もっと早くに言うべきだった――。

そんな考えが浮かぶ一方、でもそれは絶対に無理だったと思う。

母親の過去を知らないまま言っていたら、無自覚に傷つけるようなことを言ってしまってさらに関係が悪化していたかもしれない。

そもそもこの帰省でチュンと出会い、色々と体験してきたからこそ、ようやく母親と向き合う覚悟を持てたのだから。

「あんたらの間にどういう確執があったのか、私は詳しくは知らん。でも杏美《あずみ》。常に悠護のことを考えてあげなさい。過去のトラウマを子供に押し付けるのは、母親の仕事じゃねえと思うで」

横から祖母が語りかけると、母親は『はい……』と涙声で答えた。

またしばらく沈黙が続いた後、再び母親が『悠護』と名前を呼んだ。

『悠護みたいに、私も動物を好きになることはできないかもしれない……。けれど悠護を愛していることに変わりはないから、これからは悠護の夢を応援するように……私努力するから』

真っすぐに『愛してる』と言われたことは初めてだから、少しこそばゆい。

でも偽りのない心からの言葉だというのは、悠護にもよく伝わった。

「うん。ありがとう、母さん……」

「さて。続きは帰ってからにしねぇ。ここからはちゃんと顔を向かい合わせて話した方がええじゃろ。悠護の将来に関わることとみてぇじゃしな」

祖母の言葉に悠護は頷《うなず》く。

どこの学校を目指しているとか学費やらの話は、帰ってから改めて話し合うべきだろう。

「じゃあ、このまま切るから」

『わかった……。おやすみ』

「うん、おやすみ」

受話器を切った後、長い緊張から解けた悠護は思わず深く息を吐いてしまったのだった。

風呂《ふろ》から上がった悠護《ゆうご》は、仏壇のある畳の部屋の真ん中に座っていた。

なんとなく、今この部屋にいたくなったのだ。

ハザマになったチュンと、初めて会った場所。

たった数日前のことなのに、随分と昔のことのように感じる。

あの日から、今まで経験したことがなかった体験の連続だった。

「何を考えとんじゃ？」

「いや。色々あったなぁって」

「そうじゃな……」

悠護の言葉を受け、チュンの表情がフッと憂いを帯びたものになる。

ふよふよと浮いていたチュンは、そこでストンと悠護の前に着地した。

「母親も悠護と和解したことじゃし……。そろそろこの姿も潮時かのう」

「え……？」

その言葉の意味が理解できなかった。

ただ、とてつもない違和感はあった。

今の言い方は、どちらかというと悠護より母親の方に視点が寄っている気がしたのだ。

悠護の違和感に気付いているのかいないのか。

チュンは悠護の前でちょこんと正座をした。

「ど、どうしたんだよ急に。そんな改まった座り方なんかして」

いつも浮いていたチュンが、いきなり座った。

しかも正座で。

なぜだか嫌な予感がして、悠護の心拍数が上がっていく。

チュンはそこで少女の姿から雀《すずめ》の姿に戻ると、小さな頭をぺこりと下げた。

「悠護、すまん……。儂《わし》、ずっと悠護に言ってねえことがあったんじゃ……」

「言ってないこと？」

突然どうしたのだろう。

悠護の胸がざわつき始める。

砂を直接胸に擦《なす》られているような、ザラザラとしたとても嫌な感覚。

なぜ突然、このタイミングでチュンはそんなことを言うのか。

それは今この瞬間、悠護に伝えないといけないことなのか。

さらに不安を胸に宿す悠護を前に、チュンは続ける。

「儂、悠護と一緒の時間を過ごしたいというのが願いじゃと言ったろ。あれは嘘《うそ》じゃねえ。でも……それは半分にすぎんのじゃ」

「半分？」

どういう意味なのかわからない。

まださらに、別の願いがあるということだろうか。

「もう半分は、えりなんところの黒猫と同じじゃ。悠護の母親のことがずっと気になっとって見守っとった。でもそれは、儂の願いじゃなくて……」

躊躇《ためら》うように、一旦そこで言葉を途切れさせるチュン。

しかし、すぐに意を決した表情になったあと、告げた。

「儂の中に宿る、悠護の姉になるはずじゃったものの魂の願いなんじゃ」

「――――え？」

胃に氷を詰め込まれたような冷えた感覚が悠護を襲う。

悠護の姉になるはずだったものの魂。

チュンが言ったことを頭の中で反芻《はんすう》する。

「それはさっきばあちゃんが言っていた、母さんが俺の前にお腹《なか》に宿らせていたっていう？」

「そうじゃ」

「……チュンは、動物霊からなったハザマじゃなかったの？」

「ハザマじゃ。正真正銘のな」

「え、でも……。どういうこと？　チュンは、俺の姉ってこと？」

「合っとるけど違う。儂は雀のチュンじゃよ。儂の中に、悠護の姉になるはずだったものは宿っておるけど……」

同じことを繰り返されたけど、どういうことなのかわからない。

疑問符を頭の上に浮かべる悠護に対し、チュンはしばらく逡巡《しゅんじゅん》してから続ける。

「生まれ落ちる前に死んでしまった人間は、水子っていうらしいな。そして人間は、腹の中から生きとる状態で出てから初めて、一人の『人間』として認識される。でも水子は、『人間』として認められる前に死んでしまった存在。その性質が、儂らハザマと相性が良かったみてぇなんじゃ」

「…………」

「そんで悠護の姉ちゃんは、ずっと成仏《じょうぶつ》できずにこの家にいたんじゃ。自分のせいで、身も心も衰弱してしまった母親が心配すぎてな。ただ、母親が引っ越すのには付いていけんかった。元々『人間』としては未熟じゃけん、霊になっても力が弱かったことと……悠護の母親が、姉ちゃんの存在とこの土地とを、深く結び付けていたから。それが縛りになっとった」

野生の動物が出る田舎に住んでいたせいで、子供が死んでしまった――。

事実なので、母親がそう強く思っても仕方がない。

「そして儂がハザマとして顕現した時、姉ちゃんに会ったんじゃ」

「会ってたんだ……」

「ああ。といっても姉ちゃんの魂は儂から見ると、動物霊よりも弱々しいものじゃったけどな。言葉になっていないどころか声でさえない、さらには感情という域まで達していない揺らぎみたいなものから、儂は訴えられたんじゃ。『力を貸してほしい』と」

そこまで弱々しく小さな存在だった姉。

それでもチュンに訴えるほどの純粋な願いが確かにあった――。

「動物霊と妖怪の間にあたる存在がハザマ。そして、人として生まれるはずだったのに、人になりきれなかった存在の水子。一見違うが、どこか似たような性質を持つからこそ、儂は受け入れることができた」

チュンが他のハザマとは違った理由。

『特別』だった理由。

それは『人間未満』の魂と結び付いていたから。

悠護がチュンに名前の由来を言った時、チュンが切ない表情を見せた理由もわかった。

それは名前さえ与えてもらえなかった、姉の心が表に出てきていたからなのだろう。

「その姉ちゃんの魂じゃが……今しがた成仏して消えた」

「え……。それは……」

「ああ。母親が心配でこの世に留まっていたが、悠護との和解を経て、母親の精神が落ち着いたのを感じたみてぇじゃな」

「そうか……」

優しい目で宙を見上げるチュン。

ずっとチュンの中に宿っていたという姉が、ちゃんと成仏できたことには安堵《あんど》する。

でも、まだ悠護の中から不安は消えない。

「さっき、そろそろこの姿も潮時だと言ったじゃろ？　正確には悠護の姉ちゃんの魂が消えたから、人の姿を維持できなくなったんじゃ。儂が他のハザマと違って『特別』だった理由が消えてしもうたけんな。そして、儂も——」

「待ってくれ！」

悠護は思わず強い声で止めてしまった。

聞きたくない。

この先はもう聞きたくない。

だって、いきなりすぎる。

いつかはこの時が来るとは思っていたけれど、それは悠護にしてみれば今日ではなかった。

帰省の最終日まで、ずっと一緒にいられると思っていた。

まだ暑いから、川まで行って一緒に水遊びをしようと考えていた。

あの下のスーパーで花火を買って、えりなと一緒にやってみようか――とも考えていた。

まだまだチュンと一緒にやってみたいことがあった。

それなのに――。

チュンは翼を広げると、震える悠護の肩に止まる。

「なあ悠護。儂を拾って世話をしてくれてた時に、悠護が儂に言ったことを覚えとるか？」

「え…………？」

チュンに言われて思い出そうとする。

けれど悠護が覚えているのは、拾った日のことと別れの日のこと。

その間のことは、必死になって世話をしていたことくらいしか覚えていない。

そんな悠護の様子を見たチュンは、目元をフッと優しく緩ませて続けた。

「悠護は儂の世話をしてくれながら『一人だと寂しい』『兄妹《きょうだい》が欲しい』と言ったんじゃ。

悠護の両親は共働きで、いつもばあちゃんと留守番をしとったからな。儂がもっと一緒にいたかったのは、悠護にそう言われたからでもあるんじゃで。じゃけん、ハザマになったんじゃ」

悠護と同じ目線で、同じ時間を過ごしてみたい――。

あの言葉の本当の意味を知り、悠護はさらに肩を震わせる。

自分がそんなことを言ったなんて覚えてないのに。

それなのにチュンは健気《けなげ》にも覚えていて、それを叶《かな》えようとしてくれていた。

「儂は、人間の兄妹がどういうもんか知らん。じゃけんとりあえず、ずっと一緒に行動をしてみたんじゃ。あんなんでも姉っぽかったかのう？」

「……どちらかと言うと、妹みたいだったよ」

「えっ――。いや、そんなことねえじゃろ⁉ わ、儂はあれでも姉っぽくしてたつもりで……」

「まず見た目が俺よりも年下だったし」

「ぐぬぬ……た、確かに……」

悔しがるチュンを見て、悠護はつい笑顔になってしまった。

「でも――」

悠護《ゆうご》は指先でチュンの頭をそっと撫《な》でる。

「ハザマのことを説明してくれたり、動物の価値観を教えてくれたり……。そして今この瞬間まで俺を導いてくれたことを考えると、姉っぽかったと思うよ」

「悠護……」

言い終えて微笑《ほほえ》んでから——また涙が出てきてしまった。

「そうか。それは良かった。これまで一緒に行動できたこと、母親と和解できたこと、そしてえりなという友達ができて、悠護がもう一人ではないと確信できたけん、儂は……」

チュンは羽でそっと悠護の涙を拭ってから、続けた。

「儂は、ハザマとしての心残りがなくなった」

「…………」

さすがにもう、悠護にもわかっていた。

別れは変えられないのだと。

それでも。

「チュン……」

頭ではわかっているのに、心が納得しない。

別れたく、ない。

「行かないで……欲しい……。もっと、一緒に……」

「悠護……」

勝手に涙が溢《こぼ》れてくる。

今の自分はまるで小さな子供みたいだと、みっともないともわかっている。

でも、言葉も涙も止めることができなかった。

チュンはそんな悠護の涙を、再び羽でそっと拭う。

まるで聞き分けのない弟を「仕方がないな」と優しく見守るような仕草で。

「…………」

両者とも言葉はない。

もう何を言っても、この後に起こることは変わらないと理解しているからこそ。

悠護はさらに肩を震わせながらも、肩に止まっていたチュンを自分の掌《てのひら》まで移動させた。

「悠護？」

「最後に……ちゃんとチュンの姿を見ておきたいから」

「……うん」

ぼやける視界をクリアにするべく、悠護は何度も手の甲で涙を拭う。

左目の上に小さな白い模様があること以外は、普通の雀《すずめ》。

でも悠護にとっては何よりも特別で、大切な雀。

その小さな姿を、悠護は目に、心に焼き付ける。

やがてチュンの体を淡い光が包み始めた。

今まで見てきたハザマたちのように。

ついに来てしまった。

この時が――。

「……ありがとうな、悠護。また一緒に過ごせて、本当に楽しかった。夢のような時間じゃった」

「俺もだよ……。本当に毎日が楽しくて、新鮮で……」

また涙が溢れてきそうになるのを、悠護は懸命に堪《こら》えた。

「ありがとう、チュン」

「悠護、これだけは忘れんでくれ。儂《わし》、ずっとずっと……悠護のこと、大好きじゃけん」

そうチュンが告げた瞬間。

キンッ。

甲高い音が響き、光が弾《はじ》けて散った。

「チュン」

　思わず呼びかける。

　でも、当然ながら声は返ってこない。

「チュン……」

　堪えていた涙が再び溢れてくる。

　でもどんなに名前を呼んでも、涙を流しても、チュンはもう帰ってこない。

　今まで見てきたハザマがそうだったように。

　呆気《あっけ》なく消えて、そのまま二度と戻ることはなかったように。

『成仏《じょうぶつ》するということは、ハザマにとっては救いになるんじゃけん』

　不意にチュンの言葉が脳裏に甦《よみがえ》る。

　そうだ。ずっとあのままハザマとして存在することの方が、チュンにとってはつらいことだったのだ。

　たとえもう、会えないとしても――。

　今はどう足掻《あが》いても悲しい気持ちはなくならないけれど、せめて頭の中だけでもこの別れを前向きに捉えたくて、悠護は宙を見上げた。

　滲《にじ》む視界に入ってきたのは、仏壇の上に飾られた、祖父の遺影。

会ったことはないし人柄もわからないけれど、それでも悠護は祖父の顔を見て感謝の気持ちでいっぱいになる。

「チュンに言葉を教えてくれて、本当にありがとうございました……」

祖父の遺影に手を合わせ、悠護は静かに頭を下げるのだった。

エピローグ

玄関の前にリュックを置いた悠護は、外から流れてくる熱気に顔をしかめていた。

「本当にええんか？　車で送っていくのに」

外の気温を肌で感じる悠護に、祖母が尋ねる。

「うん。どうしても歩いていきたくて」

「そこまで言うなら止めんけど……。熱中症には気を付けてな」

「わかった。本当にありがとうばあちゃん」

「またいつでもおいで」

「うん。また来るよ」

悠護は祖母に手を振り、玄関を出る。

そして坂道を下ろうとして――突然向きを変え、山の方に向かい始めた。

視線の先には、裏山にある墓地。

石段をしっかり踏みしめながら上っていく。

空木《そらき》家の墓の横にある小さな墓の前に着くと、悠護は静かに手を合わせた。

「……ありがとう」

小さく呟《つぶや》く。

きっとこの言葉は届いていないとわかってはいたが、どうしても礼だけは言っておきたかったのだ。

墓を後にして、今度こそ坂道を下る。

じりじりと肌に照り付ける太陽。空は今日も快晴だ。

そういえば、滞在中は雨が全然降らなかったなとふと思う。

ここよりずっと南の方は『晴れの国』と呼ばれているが、山間部は割と天気が崩れやすいので雨も珍しくはないのだけれど。

もしかしたら自分は晴れ男かもしれない。

そんなことを考えているうちに着いたのは、えりなの家だった。

祖母に車で駅まで送ってもらわなかったのはここに寄るため。

なんとなく、祖母に伝えるのが照れくさかったのだ。

引っ越しをしたあの時は挨拶できなかったけれど、今回こそは必ず顔を出すと決めていた。

帰省してから、えりなには随分と助けられた。

これで何も言わずに帰るのは、さすがに人として問題があるだろう。

インターホンを押すと、えりなの母親が出た。

「あ、空木悠護です。えりなちゃんいますか？」

『あらあら。ちょっと待っててね』

言われた通りに待っていると、中の方からドッタンバッタンと、何やら大きな音がする。

やがて間もなく、息を切らしながらえりなが出てきた。

「お、お待たせ……」

「いや、大丈夫？」

「大丈夫。急いで階段を下りてきたら転びかけたけど何とか持ち直してダダダッてなっただけだから」

「それあまり大丈夫ではないというか、一歩間違えば大怪我《おおけが》をしてたんじゃ……」

「そ、そんなことは今はどうでも良《い》いの！　今から帰るんでしょ？」

「うん。いっぱいえりなちゃんに助けてもらった。本当にありがとう」

「わっ、私は別に……。それよりも手を出して」

「………？」

えりなに言われるがまま手を出すと、何かを置かれた。

「これは――」

悠護《ゆうご》は思わず目を見開く。

掌に乗っていたのは、小さな木彫りの雀だった。

「それ、悠護君にあげる」

「え、ありがとう。もしかしてこれ、えりなちゃんの手作り？」

「う、うん……」

確かにところどころ形が歪《いびつ》だが、それも良い味になっている。

「こんなのが作れるなんて凄《すご》いね」

「小学生の時に、夏休みの自由研究で木彫りの虫とかよく作ってたんだ。標本にするのはちょっと可哀《かわい》そうでさ。それでチュンちゃんが成仏したって聞いて、慌てて作ったの」

「そうか……。本当にありがとう」

その気持ちが悠護にはただ嬉《うれ》しかった。

えりなは小さな声で「うぅ～」と呻《うめ》きながら顔を赤くする。

以前から思っていたが、どうもえりなはストレートに礼を言われることに慣れていないようだ。結構な頻度で彼女の照れ顔を見ている気がする。

「そ、それと、あともう一つ！」

えりながさらに渡してきたのは、ピンク色の小さな封筒だった。

見たところ手紙のようであるが——。

「あーっ！　今開けたらだめ！　絶対に帰ってから開けて！　絶対じゃけんな⁉」

「わ、わかった」

えりなのあまりの勢いにたじろぎ、悠護はそそくさと手紙をリュックにしまった。

「…………」

次の言葉が見つからない。

数秒間、両者とも何も言わないまま立ち尽くす。

名残惜しい。

その気持ちはたぶん一緒で。

でも、そろそろ行かないとバスに間に合わなくなる。

「それじゃあ、行くね」

「……うん」

「また遊ぼうね、えりなちゃん」

「——っ！　うん！　またね！」

笑顔で手を振るえりなに、悠護もまた笑顔を返した。

相変わらず車も人も通らない道を歩いていると、一台の軽トラが前の方からやって来るのが見えた。あれは、山本《やまもと》の軽トラだ。

向こうも悠護に気付いたらしく、すれ違う前に窓から顔を出してきた。

「おお、空木さんとこの。今から帰るの？」

「はい。あの時はありがとうございました」

「別に俺は何もしてないし。また帰っておいでな！」

「はい。また！」

短いやり取りの後、山本はまた軽トラを走らせて行ってしまった。

次の帰省の時には、ツバメの姿を見ることができたらいいなと思う。

十二年も空けることなく、もっと短いスパンで帰ってくることを悠護は密《ひそ》かに決意した。

「………………あれ？」

歩きながら、悠護はふとある疑問を抱く。

先ほどえりなに貰《もら》った手紙。

でもよくよく考えると、えりなとは既に連絡先を交換している。

何か言いたいことがあるのなら、メッセージを送れば済む話だ。

それなのに、わざわざ手紙を渡してきた――。

「え……いや、まさか……。え……？」

なぜか途端に、背中がムズムズとし始めた。

照れと困惑と期待と羞恥。

様々な感情が一気に悠護に押し寄せる。

『悠護って昔から、ちぃと鈍いところあるよな……』

チュンに言われた言葉が不意に脳裏を掠《かす》めていき、悠護の鼓動の速度は益々《ますます》上がっていく。

「～～～っ」

胸の内に発生したよくわからない感情を霧散させるべく、悠護はバス停までの道を駆けて行くのだった。

終

あとがき

はじめまして。福山陽士《ふくやまはるし》と申します。お久しぶりの方、いつもありがとうございます。

今回は岡山の架空の田舎町を舞台にしておりますが、方言は可読性を重視してかなりマイルドにしております。もう少しどぎつい岡山弁を期待してた方、そこはごめんなさい。

さて、このお話は二〇一四年——そう、まだ和暦が『平成』だった頃——作家としてデビューしていない時に書いた話を、フルリメイクしたものです。

この度ご縁あって、こうして世に出して頂く運びとなりました。

今回フルリメイクするにあたり昔の原稿を読み直した結果、拙いながらも自分の「書きたい」がこれでもかと詰まっていて、やっぱり当時から自分の好みは変わっていないなぁと感慨深かったです。

私のこの「書きたい」話で読んでくださった方の心に何かしら響くものがあったのなら、これほど嬉《うれ》しいことはございません。

是非、感想など頂けたら嬉しいです。

この一冊を出すにあたり、編集T様、編集M様には大変お世話になりました。本当にありがとうございました。

イラストを担当してくださったにゅむ様。

書いている時はキャラの姿が視力〇・〇一以下にしか見えていない私なので、イラストを見た時めちゃくちゃ感動しました。この世界のキャラに文字通り命を吹き込んでくださり、とても感謝しております。

このお話はここで終わりですが、時々彼らのことを思い出してくださると作者冥利《みょうり》につきます。

では、また別のお話でお目にかかれることを祈って。

福山　陽士

富士見ファンタジア文庫

居残《いのこ》りすずめの縁結《えんむす》び

あやかしたちの想《おも》い遺《のこ》し、すずめの少女《しょうじょ》とお片付《かたづ》け

令和５年３月20日　初版発行

著者――福山陽士《ふくやまはるし》

発行者――山下直久

発　行――株式会社KADOKAWA
〒102-8177
東京都千代田区富士見2-13-3
0570-002-301（ナビダイヤル）

印刷所――株式会社暁印刷

製本所――本間製本株式会社

※定価はカバーに表示してあります。
●お問い合わせ
https://www.kadokawa.co.jp/（「お問い合わせ」へお進みください）
※内容によっては、お答えできない場合があります。
※サポートは日本国内のみとさせていただきます。
※Japanese text only

ISBN978-4-04-074925-9　C0193　◇◇◇

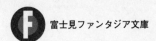